Oscar bestsellers

di don Andrea Gallo

nella collezione Oscar

Angelicamente anarchico
Così in terra, come in cielo

DON ANDREA GALLO
CON SIMONA ORLANDO

COSÌ IN TERRA, COME IN CIELO

OSCAR MONDADORI

I edizione Ingrandimenti febbraio 2010
I edizione Oscar bestsellers febbraio 2011

ISBN 978-88-04-60550-8

Questo volume è stato stampato
presso ELCOGRAF S.p.A.
Stabilimento - Cles (TN)
Stampato in Italia. Printed in Italy

Anno 2013 - Ristampa 6 7

Così in terra, come in cielo

"Invincibile non è chi sempre vince, ma chi mai si fa sbaragliare dalle sconfitte, chi mai rinuncia a battersi di nuovo."

ERRI DE LUCA, amico e maestro

"I cristiani non hanno nulla da insegnare. Siamo testimoni: sale, lievito, chicco di grano. Imparare da chi? Da tutti i poveri e gli oppressi del mondo."

DON ANDREA GALLO, prete da marciapiede

Il vascello fantasma

Nel 1960 fui nominato cappellano della nave *Garaventa,* il riformatorio temuto da ogni ragazzo genovese. Accettai volentieri perché avevo studiato all'Istituto nautico e amavo il mare, ero entusiasta di stare con questi *batôsi,* come si chiamavano in dialetto, ovvero monelli, meno conosciuti degli scugnizzi o dei *gavroche* letterari, ma ugualmente fiori di strada, senza casa né famiglia. Eravamo in porto, nel ventre del vecchio posamine *Crotone* concessoci dalla Marina militare e la situazione a bordo era delicata.

All'inizio ero addetto alla lettura dei fascicoli, un lavoro noioso perché proprio non mi importava del loro passato. Mi interessava invece il loro futuro e per questo non credevo nei metodi repressivi che venivano usati. Chi infrangeva le regole doveva fare il giro di chiglia o veniva rapato a zero, incorreva in punizioni secondo me inutili. Cominciai a farli scendere da quel vascello fantasma. Li portavo a terra a piccoli gruppi, andavamo al luna park. Una volta due ragazzi scapparono. Il più piccolo raggiunse una zia a Torino, l'altro si diresse in Valle d'Aosta. Furono presto ritrovati e prima del loro ritorno a bordo dovetti fare una lunga chiacchierata con il resto dell'equipaggio che si preparava a pestarli perché avevano tradito il cappellano che stava dalla loro parte. Li convinsi a non vendicarmi. Entrai nel magazzino buio della banchina e da dietro una cassa spuntò uno dei due fuggitivi. Chiuse la porta alle mie spalle e prese una trave. Pensai, stavolta le busco. Mi arrivò a un palmo dal naso e disse: «Qui non ci vede nessuno. Ora lei mi restituisce le bastonate perché ho compiuto un'azione malvagia». Eccola la scuola di redenzione sul mare: non il collegio correzionale ma il rapporto di fiducia. La fuga stessa può essere uno strumento pedagogico.

Mi hanno rubato il prete

Fui rimosso dall'incarico nel 1963. La motivazione ufficiale non la conosco ancora, però sospetto abbia a che fare coi miei metodi "licenziosi". Nel gennaio 1965 da salesiano diventai viceparroco alla Chiesa del Carmine, in pieno centro storico, sotto l'Albergo dei poveri. Era un quartiere popolare, di portuali e operai, con abitazioni inagibili e un mercato rionale quasi indecente. Giravo nei vicoli, sostavo fra i banchi, passavo in edicola, discutevo col salumiere che era convinto che mi piacesse il prosciutto ma comprassi la mortadella perché ero tirchio e volevo spendere meno. La zona era anche frequentata da famiglie borghesi in quanto vicinissima all'università e al liceo Colombo, dove nel 1968 nacque il movimento studentesco. Fu un periodo di grandi stravolgimenti: con il Concilio Vaticano II la Chiesa decideva di leggere i segni dei tempi, i giovani si impegnavano nel sociale, dibattevano sulla riforma scolastica e la guerra in Vietnam, nascevano piccole comuni, cresceva la partecipazione civile. Fu un risveglio e un contagio di idee, una primavera a tutti gli effetti. La mia parrocchia diventò un punto di riferimento, l'agape, un luogo di forte comunione e sinergia. Alla messa di mezzogiorno trattavo i temi di attualità, ero nettamente schierato al fianco degli ultimi, cominciai a tenere due leggii: da una parte il Vangelo, dall'altra il giornale. Evidentemente qualche zelante non approvava le mie omelie e avvisò la curia. L'episodio che scatenò l'indignazione dei benpensanti fu la mia predica alla scoperta di una fumeria di hashish nel quartiere. Invece di inveire contro chi rollava qualche spinello ricordai quanto fossero diffuse e pericolose altre droghe, per esempio quella del linguaggio, talmente fuorviante che poteva tramutare "il bombardamento di popolazioni inermi" in "un'azione a difesa della libertà". Apriti cielo.

Il parroco, per ordini superiori, dovette registrare di nascosto le mie prediche, poi mi chiese scusa, dimostrandomi tutto il suo affetto, e si rifiutò di continuare. Ma ormai la curia aveva stabilito che promuovevo la politica e non il Vangelo e nel 1970 mi inviò un provvedimento di trasferimento.

Addirittura il vescovo Chiocca telefonò a mia madre chiedendole di fare pressioni su di me affinché scegliessi "obbedienza o catastrofe". Optai per l'obbedienza e per loro fu una catastrofe. Prima della mia partenza ci fu una sollevazione popolare inaspettata. Tutta la città reagì, tanto che della storia di questo pretino si dovettero occupare anche i quotidiani, perfino "Le Monde" seguì la vicenda e scrisse che "avevo il torto di essere stato fedele al Concilio".

La gente del quartiere inviò una lettera di protesta con 2370 firme (a cui non seguì alcuna risposta), organizzò una veglia di preghiera, occupò la chiesa per esprimere totale disapprovazione per il mio allontanamento. Il 2 luglio 1970, mentre io stavo barricato in una trattoria, venni chiamato in piazza e lì trovai oltre duemila persone a manifestare. Rimasi colpito. Avevo deciso di non contestare il provvedimento, invece capitai nel bel mezzo di una mobilitazione popolare, dove il professore universitario teneva a braccetto lo spedizioniere, il fabbro la vecchietta, i figli delle prostitute alzavano i cartelli insieme ai figli dei grandi professionisti. Che commozione. Mi diedero un megafono e questo fu il mio saluto: «È vero, esiste un profondo dissenso fra me e la curia, ma un dissenso di amore e di profonda, convinta ricerca della verità. La cosa più importante è che si continui ad agire perché i poveri contino. Ci incontreremo ancora. Ci incontreremo sempre. In tutto il mondo, in tutte le chiese, le case, le osterie. Ovunque ci siano uomini che vogliono verità e giustizia».

Il 2 luglio 1970 un bambino piangeva sugli scalini della mia chiesa e quando il vigile gli chiese perché, lui rispose: «Mi hanno rubato il prete».

La Comunità strampalata

Nel giugno del 1970 fui designato arciprete dell'isola di Capraia. Compresi subito: *promoveatur ut amoveatur* cioè mi promuovevano per potermi rimuovere e allontanarmi dai giovani. Rinunciai dicendo: «Signore non son degno».

Non sapevo dove andare. Ero in attesa di destinazione e convinto che non sarebbe mai arrivata. Su consiglio di un amico mi rivolsi a don Federico Rebora che rispose semplicemente: «Venite». Io e la mia gente piombammo nella sua canonica coi sacchi a pelo e lì stiamo accampati da ormai trentanove anni. Quell'uomo è un santo. È stato richiamato da alcuni parrocchiani tradizionalisti e dai piani alti, lo hanno martoriato affinché ci mandasse via. Sono venuto a sapere per vie traverse che ogni volta che è stato convocato ha risposto: «Io, accogliendo questo gregge, ho seguito il Vangelo. Visto che siete i padroni della baracca, venite voi a mandarci via». Così resistiamo, un piccolo ospedale da campo, un galeone di pirati strampalati.

Don Federico è del 1927, ci fa da parafulmine, soffrendo in silenzio per le lamentele delle "pie donne" Lui si occupa di chi capita in canonica: il signore che chiede soldi dicendo ogni giorno che è il suo compleanno o il ragazzo talmente provato dallo stato di disoccupazione che viene vestito con una tuta da lavoro ogni volta diversa. Non so dove le rimedi: una mattina è meccanico, un'altra, con tanto di chiave inglese in mano, è idraulico. È stato visto spesso in zone di lavori in corso, che cercava di mimetizzarsi tra gli operai.

A cena, stremato, don Federico si siede e dice: «Queste persone sono la nostra letizia».

La piazza indecorosa

Nel luglio 2007 i miei ragazzi mi hanno riportato al Carmine. Trentasette anni dopo avevano deciso di celebrare lì l'anniversario di quella indimenticabile primavera, con pittori, musicisti, cantanti. Ho rincontrato adulti che ricordavo bambini, nel mercato rionale ho rivisto in fotografia i volti, le espressioni di allora, incluse le mie. Venne un signore a consegnarmi la risposta protocollata che il cardinal Siri gli aveva inviato allora.

10 luglio 1970

Naturalmente noi non siamo con il ricorso alla piazza. Mi permetto di pregarla, e mi perdoni questa libertà, di non sentire solo quelli che calunniano e vogliono distruggere tutta la sacra autorità, data da Cristo alla sua Chiesa. Ella è perplesso per il caso Gallo, dice di non conoscerlo e di non poter giudicare, esatto, anche qui la tranquillizzo, il caso Gallo è stato creato dalla stampa nonché da un gruppetto di persone che si sono polarizzate su di lui, forse ritenendolo strumento delle loro mire. Don

Gallo, almeno fino al 2 luglio, ha obbedito perché ha capito che il provvedimento era giusto, tanto è vero che quando comparve alla piazzetta indecorosa del 2 luglio disse bene di me. Le ragioni per rimuoverlo c'erano, ed erano obiettive, i documenti sono sempre a disposizione dell'autorità a me superiore qualora credesse di esaminare il caso. Non è ordinario lo ammetto, ed è il primo che mi capita in ventiquattro anni. Preghi il Signore perché mi aiuti a fare il meglio per questo povero prete. Non vedo l'ora di conoscerla ma spero nella sua lealtà. Questa lettera è personale per lei e non deve essere dedotta al pubblico. Accolga i miei sinceri saluti.

Il signore ha tenuto la lettera in segreto per tutti questi anni. Non mi sconcerta il modo in cui si parla di me, povero prete, invece arricchito da quell'esperienza, negando addirittura l'evidenza (i giornali riportano in lettere maiuscole che non fui affatto d'accordo con il suo provvedimento), ma il disprezzo che emerge verso la volontà popolare. Quella "piazzetta indecorosa", come viene definita, non era certo composta da sobillatori. C'erano molti cattolici e la prima firmataria della protesta fu Paola, nipote del cardinal Siri, che sulla lista ci tenne a specificare la sua parentela.

Tornare nel luogo dove tutto è iniziato mi ha confermato che lì sono stato realmente convertito a uomo. Mi ritrovai al centro di una forza vitale, in quei cinque anni assorbii ogni energia possibile. Quello sradicamento divenne la radice del mio apostolato

La mia gente di notte non ha un posto dove andare, così io dormo di giorno e sto sveglio fino all'alba nel mio archivio, tante volte volesse passare di là. Un giorno stavo scribacchiando quando entrò Peter, un giovane barbone che viveva di espedienti e che aiutavo con piccoli contributi. Si mise a sedere e mi puntò una rivoltella.

«Dài Peter non giocare» lo smontai.

«Quale giocare, dammi tutti i soldi.»

«Soldi? Ma quanto può avere un genovese come me nel portafoglio?» sdrammatizzai. Ma lui niente, teso e determinato insisteva: «Dammi quello che hai».

Avevo paura. Non della pistola, ma che mi partisse un pugno dalla rabbia e gli facessi male. Rubare a me. E poi chissà quante volte si cacciava nei guai per qualche spicciolo. Mi mangiavo il fegato a pensarci.

Improvvisamente arrivò il mio amico egiziano Sadat. Peter, goffo e ancora più nervoso, lo mise sotto tiro, ma Sadat era agile e lo disarmò in un secondo. Se non intervenivo, me lo rovinava.

Sadat lo rimise in piedi e lo interrogò:

«Come ti chiami?»

«Peter.»

«Dillo più forte.»

«Peter!»

«Allora Peter, d'ora in avanti: Allah numero uno, don Gallo numero due.» Eccola, la mia ronda.

Tre giorni dopo Peter ritentò in un vicolo buio.

«O la borsa o la vita» intimò puntando la stessa rivoltella. Era talmente sfortunato che si beccò una clamorosa sberla dal robusto marinaio. Non sapeva scegliersi nemmeno le vittime. L'unico furto che gli fosse mai riuscito era quello della pistola in un negozio di giocattoli.

Io mi prostituisco

Quando serve, certo che vado a fare marchette. In Comunità c'è sempre bisogno di soldi quindi talvolta mando giù il boccone amaro e accetto di celebrare matrimoni e di presiedere ai banchetti nelle ville dei ricconi, mezzo nobili mezzo ignobili, come si dice. Le offerte sono alte, proporzionali all'ostentazione di generosità del padrone di casa, e magari con l'occasione riesco a convertire qualche cattolico al cattolicesimo.

Dissi messa in una tenuta aristocratica per diversi anni. C'erano un altare faraonico, tovaglie ricamate a mano, calici d'oro massiccio, un enorme crocifisso d'avorio. Tutto era di lusso, gli invitati sembravano usciti da una rivista di moda, la carta igienica odorava di profumo francese. I bambini dei ricchi hanno tutti volti angelici, una pelle bianca e cerata, roba che quando li vedi ti viene da chiedergli: "Ma che crema usi?".

Un anno stavo per recitare il Padre Nostro e non mi tenni più. Sentii dal profondo della coscienza il bisogno di pungolare i presenti: «Vi ringrazio della generosità e della devozione che mostrate. Voglio darvi un consiglio: quando pregate da soli non dite Padre, che suona così lontano, dite Papà, perché Dio è il padre di tutti». I presenti fecero cenno di sì con la testa. «Vuol dire che siamo tutti suoi figli e figlie, fratelli e sorelle.» I presenti annuirono nuovamente. «Significa che siamo tutti uguali.» Annuirono in pochi. Finii con la domanda: «Allora, se siamo tutti uguali, come mai in giro vedo figli di serie A, B, C?». Silenzio.

Dopo la celebrazione molti vennero a congratularsi per la mia omelia. Li colpì talmente tanto che in quella villa non fui mai più invitato.

Imparare dall'Africa

Due ragazzi della quarta liceo scientifico, compagni di banco, scapparono di casa. Chiamarono dopo un mese e dissero di trovarsi a Niamey, in Niger. I genitori mi chiesero di convincerli a tornare e partii in missione. La vista di tanta miseria mi accecò d'ira. Mi chiedo con che coraggio neghiamo l'ingresso a chi fugge da lì per trovare ricovero in Europa. Un vero credente non riesce a sbattergli la porta in faccia. Mia madre, convinta cristiana, su questo punto non transigeva. Quando in TV sentiva farneticare di espulsioni, CPT, respingimenti, lei che in guerra ha testato l'importanza della solidarietà era a dir poco sdegnata. Io, per proteggerla, cercavo di giustificare le dichiarazioni dei politici e degli intervistati: «Mamma, lascia stare. Li devi scusare, sono ignoranti».

E lei lapidaria, certa di stare dalla parte di Gesù, rispondeva: «Non sono ignoranti. Sono cattivi, è diverso. Un pezzo di pane non si rifiuta nemmeno a un cane». Quanto aveva ragione, una donnina che a malapena aveva la terza elementare.

In Africa incontrai un fotografo che, durante uno dei suoi reportage, fu colpito da una giovane donna che portava un fardello sulle spalle. La vide arrivare da lontano, sola, affaticata, barcollante a causa del carico, il sacco che gocciolava. Le disse: «Fermati, sei troppo piccola per portare questo peso». Lei rispose: «Non è un peso: è mio fratello».

La Lanterna

Negli anni Novanta entrammo in un progetto pilota dei fondi europei: riuscimmo a comprare una licenza e a costruire la nostra trattoria, con l'obiettivo di reinserire e formare professionalmente i ragazzi che lo desiderassero. La inaugurammo nel 1992 e da allora la Lanterna, così si chiama, è un vero gioiello marinaresco. I ragazzi realizzarono tutti i lavori interni, setacciarono il porto e riempirono il locale di cimeli, oblò, ancore, fari originali. Si rimboccarono le maniche, si misero ai tavoli e ai fornelli. Lo gestiscono in modo esemplare, cambiano le ricette in base alla disponibilità del mercato, ma sempre vi si possono trovare piatti a base di cernia, fritti, olive taggiasche. Non per farci pubblicità, ma si mangia da Dio. Grazie ai ragazzi che ci lavorano, il locale è sempre affollato. Prenotano sia i comuni cittadini sia i politici. Prodi fece qui la cena della sua prima campagna elettorale, D'Alema ci pranzò per presentare il suo candidato regionale. Qualcuno del suo entourage telefonò e chiese: «Possiamo organizzare...?», e io «Basta che pagate»

È stato un percorso lungo e difficile. Per diversi anni le persone diffidarono dell'iniziativa, temevano chissà cosa, di prendere l'AIDS, di trovare qualcuno in overdose di pesto.

Una volta scesi alla stazione di Porta Principe e presi un taxi: «Mi porti alla Lanterna, per favore».

«Va alla trattoria dei drogati?» sottolineò il conducente, non riconoscendomi.

«Sì, perché al posto del parmigiano mettono la marijuana» risposi, per sfottere i suoi pregiudizi.

Il giorno dopo venne la polizia a controllare le cucine.

Un prete ladro

Una notte ero in giro con l'unità di strada. In un vialetto era parcheggiato un furgone con degli operai impegnati in un trasloco. Uno di loro incrociò il mio sguardo ed esordì: «Comodo fare il prete, eh? Non si lavora mai».

Allora mi misi lì con lui a caricare gli scatoloni. A un certo punto arrivarono due volanti. Uno dei poliziotti, che conosco da quando era alto quanto un manganello, mi prese sottobraccio e mi allontanò: «Gallo, cazzo ci fai qui?».

«Davo una mano.»

«Ma se è una rapina!»

Rimasi per un attimo stupito, poi gli risposi: «Be', mica vorrai denunciarci? Ti restituiamo tutto».

Siamo tutti stranieri

Non ringrazierò mai abbastanza il direttore del teatro che qualche anno fa mi presentò Moni Ovadia. La nostra affinità e comunanza di pensiero è preziosa. A volte arriva senza avviso in canonica o lo scorgo fra i banchi durante la mia messa, e anch'io, quando posso, vado a vederlo in scena. Ho ascoltato un suo intervento a Casa America, a Genova, e lo sposo su tutta la linea. Rendere la clandestinità un reato è un crimine contro l'umanità. È violazione di una legge universale. Noi siamo prima di tutto esseri umani. Le divisioni, le catalogazioni, le varie connotazioni arrivano in un secondo momento e spesso sono veleni tossici. È una tattica nazista alimentare la paura per farsi seguire dal popolo, ripetere una menzogna cento volte fino a farla diventare realtà. Lo diceva Göring al Processo di Norimberga.

La parola straniero ha assunto un significato negativo che non gli è proprio. Gesù era un uomo in viaggio, Abramo fu straniero, i figli di Israele furono forestieri in Egitto, Enea scappò dalla guerra e fondò Roma, Ulisse lasciò la patria, assetato di conoscenza. Nel *Levitico* 19,34 è scritto chiaramente: "Lo straniero dimorante tra voi lo tratterete come colui che è nato tra voi. Tu l'amerai come te stesso".

Il filosofo Emmanuel Lévinas va oltre e dice: "Ama il prossimo tuo: è te stesso". Ha ragione. L'altro è dentro di noi, se lo espelliamo si crea uno squilibrio perché la nostra individualità non si fortifica ma si dimezza.

Noi non siamo proprietari di niente. "Mia è la terra" dice il Signore "e voi siete presso di me stranieri e ospiti."

Vivremo in pace solo quando impareremo a essere tutti forestieri. Chi la pensa in modo diverso non segue la Bibbia.

Papagallo

Una volta Moni in camerino giurò: «Gallo, se diventi papa io mi converto al cattolicesimo». Replicai: «Alt Moni, non succederà perché ho ricevuto una profezia nel lontano 1949».

Ero uscito dal noviziato dei Salesiani, a Santa Maria Ausiliatrice, e mi ero messo sotto i portici ad ascoltare i racconti di un prete allievo di don Bosco, una vera reliquia col tricorno, la mantella, i capelli bianchi. In questi casi, alla fine, noi chierici dovevamo passare a baciargli la mano.

Al mio turno chiese: «Come ti chiami?».

«Chierico Gallo.»

«Non sarai mai pontefice.»

«Perché?»

«Perché Papagallo sarebbe disdicevole per la Chiesa.»

E infatti, io, reverendo sino alla fine del mondo.

Razza d'uomini

La mia famiglia è di Campo Ligure, un paesino dell'entroterra sulle sponde dello Stura.

Una volta, nel periodo fascista, portai a casa la pagella e la consegnai a mio padre, un brav'uomo, semianalfabeta, che lavorava per le ferrovie. Arrivato in fondo al foglio lesse: Andrea Gallo, razza ariana. Mi guardò e disse: «Andrea, si sono sbagliati, noi siamo razza di Campo!».

Laddove non c'è la cultura, basta avere cuore. Mio padre non era un genio eppure giunse alle stesse conclusioni di Einstein.

Il professor Einstein dovette lasciare la Germania perché era iniziata la persecuzione degli ebrei. Quando arrivò all'ufficio immigrazione americano presentò documenti e scartoffie varie e si sottopose al consueto interrogatorio. L'ultima domanda del funzionario, seriamente ottuso dalla burocrazia, fu: «Tu di che razza sei?». E lui, sorridendo sotto i baffi, fornì l'unica risposta possibile: «Umana».

Le risorse degli oppressi

Ricevetti una chiamata dall'ospedale San Martino perché Bacci era in fin di vita e non aveva altri al mondo. Alla sua morte i carabinieri trovarono una valigia sotto il letto, la sequestrarono, la maneggiarono con cura, tante volte quel barbone ci tenesse, chissà, dell'esplosivo o buste di sangue infetto. Venne ad aprirla una lontana cugina e lasciò alla Comunità la grande eredità che conteneva: una valanga di poesie. Bacci componeva degli haiku, buttava giù versi in continuazione, dove capitava, e talvolta rinunciava a bruciare la carta da pane con cui si riscaldava pur di avere un foglio su cui scrivere, con uno stile misto di ironia e disperazione.

"Faccio compassione anche ai topi: quando guardo nei cassonetti mi danno la precedenza." E ancora: "Ho trovato finalmente un libro. Un libro tutto nuovo di filosofia. Un libro tutto nuovo. Parla di cose vecchie".

Non vogliamo scorgere le meraviglie che si celano dietro le apparenze delle persone. Ci limitiamo a giudicare il cappotto logoro e la barba incolta, ci spaventa la vista dell'abisso ma, ritraendoci, ne perdiamo anche le profondità. Eppure dietro le apparenze io ho scoperto i miei artisti preferiti. Ragazzi che hanno elaborato la sofferenza attraverso la musica, la pittura, la scrittura, le cui espressioni sono quanto di più vicino alla verità.

La provvidenza

Lassù sanno che siamo spreconi e consumisti, quindi i soldi ce li mandano centellinati, giusto per tappare i buchi quando ci ritroviamo con l'acqua alla gola. In Comunità eravamo di nuovo alle prese con la rata del mutuo quando una telefonata mi avvisò che ero nella terna finale del Premio Alta Qualità 2008 creato da Granarolo, insieme allo scienziato Vincenzo Balzani e all'inviato dell'"In dependent" Robert Fisk. Era un riconoscimento importante, creato per premiare donne e uomini di tutto il mondo che lavorano, vivono e agiscono per migliorare la qualità del loro ambito d'attività, e assegnava un premio in denaro di venticinquemila euro. Nessuno si offenderà se ammetto di aver sognato di vincerlo per pagarci bollette e scadenze varie. Anche in questa occasione però non sono riuscito a dire qualcosa di rassicurante per accaparrarmi il voto della giuria. Mi fecero salire sul palco, davanti a una sala gremita, e mi chiesero di spiegare cosa significasse essere prete degli ultimi. Risposi: «Non so se questa bella gente è d'accordo, ma, per farvi capire, ora don Gallo è vicino a Eluana e a suo padre». In prima fila ho visto cadere la mascella del rappresentante del cardinale. Continuai rivolto proprio a lui: «Sono contento di essere qui, in mezzo a questi due "personaggi", anche se sono un laureato della strada e godo di una cattiva fama». E ancora: «Io sono un grande peccatore, ma da anni sono un grande non violento. E sono anarchico, nel senso che dove c'è un sopruso io ci sono». Ero certo di essermi giocato il premio.

In seguito la giuria dei trecento espresse il suo parere e Sergio Cofferati consegnò il Premio Alta Qualità delle Città allo scienziato. Sportivamente andai a congratularmi con il professore, il quale, forse vedendomi un po' avvilito, mi avvisò sottovoce che il vincitore assoluto del Premio Alta Qualità doveva ancora essere designato. Quando sentii pronunciare il mio nome mi cedettero le ginocchia. L'assegno mi fu consegnato da un solenne Ettore

Scola e tenne a galla la Comunità fino al successivo allarme rosso. Ancora oggi, nei momenti più complicati, don Federico mi chiede: «Ma dimmi un po', quell'assegno era intestato a te o alla Comunità?».

«A don Andrea Gallo.»

«Eh, ma allora era il nostro momento per lasciare tutto e scappare via!»

Le donne prete

Nel 1997 mi consegnarono il Premio Minerva, a Roma, per il contributo professionale e umano dato alla società, in quanto uomo che si è battuto per le donne. Ritirai una spilla disegnata dal Maestro Renato Guttuso. Dissi: «Vi ringrazio. Amo la mia Chiesa cattolica, ma fintanto che non darà il diritto alle donne di essere ordinate prete, non so di quale uguaglianza stiamo parlando». Pensavo che sarebbero venuti a portarmi via di peso i carabinieri presenti a Palazzo Doria Pamphili, quelli così alti e coi grandi mantelli che toccavo per vedere se erano veri. La gente alla fine sciamò verso il sontuoso buffet per rimpinzarsi, mentre io e alcuni amici ce ne andammo a Trastevere, cedendo all'attrazione fatale per i vicoli. Lo dico sempre ai miei superiori: «In tutti questi anni di servizio non mi avete fatto diventare nemmeno parroco. Fatemi almeno canonico della Madonna delle Vigne, visto che preferisco le bettole ai ristoranti».

Letteralmente

Non si può fare una traduzione letterale del Vangelo. Racconto sempre questa storiella. Un importante teologo in un confronto dialettico con Wojtyla suggerì: «Santità, forse sono giunti i tempi per rivedere la posizione della Chiesa sulle ordinazioni femminili. Gli anglicani lo hanno capito».

«Io devo rispettare la tradizione» rispose il papa. «Gesù ha ordinato dodici apostoli maschi.»

Il teologo puntualizzò: «Allora, se lei sceglie un'interpretazione letterale del Vangelo, mi permetta di ricordarle che i dodici apostoli, oltre a essere maschi, erano circoncisi, ebrei di Palestina, e non polacchi».

Chiamatemi come vi pare

Per i ragazzi della Comunità sono Andrea, a Genova sono conosciuto come il Gallo, quando faccio da navigatore in macchina mi chiamano il Don Don. Le etichette più assurde me le affibbiano quelli che non conoscono il mio operato: esibizionista, pedagogo permissivista, presenzialista, socialista, comunista. In questo caso mi torna in mente la frase del vescovo delle *favelas* Hélder Câmara: "Quando do da mangiare a un povero, tutti mi chiamano santo. Ma quando chiedo perché i poveri non hanno cibo, allora tutti mi chiamano comunista"

Il modello economico capitalista è sbagliato, non applica alcun principio di cristianesimo e io sono dalla parte di chi cerca di cambiarlo. Dice bene padre Alex Zanotelli, il venti per cento di questo pianeta consuma l'ottanta per cento delle risorse totali, quindi io non sto dalla parte delle minoranze, come scrivono, ma dalla parte delle maggioranze, ovvero di quei miliardi di persone vittime di ingiustizia. I filosofi sostengono che l'uomo deve farsi tre domande chiave: chi è, da dove viene, dove sta andando. Woody Allen aggiunse: "E anche cosa mangiamo stasera". Mi accusano di essere semplicista, è vero, le cose sono così semplici...

Non bevo cicuta

Durante una mia omelia al Carmine, sottolineavo che non era molto evangelico lanciare bombe al napalm sui vietnamiti e un fedele, dalla navata gridò: «Comunista». Lo invitai a parlare al microfono, ma si era già dileguato. Accadde lo stesso anni dopo quando denunciai che nelle guerre la maggior parte delle bombe centra gli innocenti, e ancora, quando difesi la scelta di Piergiorgio Welby. Mi etichettavano e poi sparivano senza concedermi il confronto. In molti hanno invocato la testa di questo sacerdote matto e blasfemo, ma poi alcuni di loro, in incognito, sono venuti a San Benedetto a chiedere una mano per i figli o i nipoti intrappolati nelle maglie della droga. Una volta fui addirittura accusato di "corruzione dei giovani". I miei amici studiosi mi dissero che era la stessa accusa che rivolsero a Socrate, ma io non bevo cicuta, solo barbera. Chi sceglie un'ideologia può anche sbagliare, ma scegliere i poveri, i fragili, gli ultimi non è ideologico, quindi non può essere sbagliato.

Fara

Spesso mi hanno definito abortista. Io sono solo uno che ha incontrato Gesù e che ha letto sul suo biglietto da visita: *Sono venuto per servire e non per essere servito*. Mi do da fare per risolvere i problemi che mi trovo ad affrontare quotidianamente, anche facendo chiasso se necessario. Problemi che non apprendo dai giornali e che non ammettono congetture. Li ho davanti agli occhi, urgenti, palesi, e la mia soluzione è sempre dettata da una forte presa di coscienza della realtà. È ovvio che non sono favorevole alla droga o alla prostituzione, ma davanti all'emergenza la mia unità di strada offre un presidio ospedaliero: assorbenti, siringhe, preservativi.

Ci sono clienti che si rifiutano di avere rapporti protetti esponendo così le ragazze, spesso minorenni, al rischio di infezioni e lasciandole sole a gestire le gravidanze. Il dibattito a distanza è se sia giusto farle abortire o meno; il nostro compito qui invece è aiutarle subito. Se le portiamo in ospedale seguiranno un percorso assistito, altrimenti ci penseranno i protettori con le proprie maniere: siccome le donne incinte in strada non guadagnano e non fanno guadagnare, le prendono a calci nel ventre finché non abortiscono. Non so se siano più bestie loro o chi, perdendosi in inutili chiacchiere, gli lascia il tempo di farlo.

Molte ragazze, se aiutate, riescono a sottrarsi al giro. Attraverso i nostri progetti le accogliamo, le ascoltiamo, le inseriamo nel mondo del lavoro, spesso con enti e associazioni che operano nel settore dello sfruttamento sessuale dove la loro esperienza è fondamentale. Ma non è semplice. Hanno paura, di fare i nomi, di restare ancora più sole. L'assenza di una rete di protezione rende un pappone una compagnia. Qualcuna non si riprende dalle violenze subite. Fara è con noi da qualche mese, sta raggomitolata nel letto tutto il giorno e non dice una parola. Posso solo immaginare cosa le abbiano fatto.

Rilassati

L'amico Paolo Rossi, bravo e acuto attore, mi regalò due magliette, una per me e una per il cardinale. «Guarda cosa c'è scritto, Gallo: Dio c'è. Ma non sei tu. Perciò rilassati.» La trovo geniale. E attuale. Sono andato da don Antonio Balletto un mese prima che morisse, era a letto e l'ho interrogato: «Tu che sei un teologo, interpretami un po' questa frase». Si è messo a ridere e ha dato il suo giudizio: «È valida».

Non si può credere di essere gli unici interpreti della natura e della verità. Dio è una buona notizia. Non è lui che nutre l'odio e la costrizione. Bisogna uscire dal dogmatismo perché dalle imposizioni è facile cadere nel fondamentalismo e nell'integralismo. Quella del cattolicesimo è una proposta. Vuol dire: se vuoi. L'unico modo per colmare il solco che ci separa è la contaminazione. Guarda un po' se devo prendere lezioni di teologia dai comici.

Nascano i figli dello stupro

Rimasi francamente sgomento quando lessi la lettera di Giovanni Paolo II all'arcivescovo di Sarajevo in cui invitava le migliaia di donne bosniache violentate a non abortire. Chiedeva loro di accettare "il dono della maternità" e le nuove creature quali membri della grande famiglia umana.

Io friggevo di rabbia. Non si poteva essere così impietosi. In quella che qualcuno considererà scarsità di approfondimento, pensavo (e tuttora penso) che l'unico modo per essere davvero vicino alle donne stuprate fosse rispettare le loro scelte individuali, senza renderle vittime di ulteriori imposizioni.

Chiesi allora spiegazioni al vicario patriarcale di Gerusalemme Hilarion Capucci, che ben conosceva le zone di guerra e viveva in Vaticano, nella speranza di ricevere una interpretazione plausibile dell'intervento. Scoprii che anche lui non ne condivideva il messaggio al punto che aveva chiesto udienza urgente al papa. "Santità, le sue dichiarazioni vanno oltre, sconfinano nella libertà personale." Giovanni Paolo II ribadì la validità del messaggio e davanti a tale ostinazione monsignor Capucci sentì di non aver più niente da perdere. Prese il papa per il braccio, lo guardò negli occhi e gli disse: «Santità, crederà mica di essere diventato il Padreterno?».

Fui contattato dalla redazione del programma televisivo *Le Iene* per fare un'intervista generica, e accettai. La troupe venne nel mio archivio e mi mitragliò di domande. Sul matrimonio dei preti risposi che rispettavo qualsiasi scelta d'amore e che Gesù elesse Pietro come primo papa, ovvero un uomo sposato. Sulla vicenda Milingo dissi che la storia mi risultava simpatica e che consideravo Maria Sung una sognatrice. Dissi che i rapporti prematrimoniali sono importanti, l'uso del profilattico è fondamentale, la masturbazione non è peccato e l'omosessualità è un dono di Dio. Ammisi di essermi innamorato prima di prendere i voti e di aver avuto rapporti sessuali. Alla domanda su cosa non mi piacesse della Chiesa risposi: la piramide gerarchica, il fatto che non si schieri nettamente contro la guerra e che non sia ancora povera. Mi dichiarai no global, favorevole al divorzio, alla regolamentazione dell'eutanasia e delle droghe leggere, al sacerdozio femminile. Aggiunsi che sarei contento se mia nipote sposasse un musulmano. Quando rividi il montaggio in TV scoprii che nell'intervista doppia, l'altro che rispondeva alle mie stesse domande era don Benzi. Tutto all'opposto mio.

Tempo dopo mi trovavo ad Assisi e, appena sceso dalla macchina, venni attaccato da un uomo che sosteneva che io avessi dato risposte studiate per provocare don Benzi. Ma dài. I giovani invece hanno risposto diversamente: quel filmato ha oltrepassato le quarantamila visite su YouTube. Su Facebook si sono addirittura costituiti due gruppi "Don Gallo papa subito" e "Vogliamo il Gallo al posto di Ratzinger". È la dimostrazione che le nuove generazioni non disdegnano la Chiesa, solo la vorrebbero più vicina.

Nessun rosario

Ho incontrato diverse volte Hebe Bonafini, presidente dell'associazione Madri di Plaza de Mayo. Che coraggio e che onorabilità sotto quel fazzoletto bianco. Da trent'anni queste mamme, ormai nonne, combattono per ottenere verità e giustizia per i trentamila scomparsi sotto la dittatura militare argentina. Indagano, si documentano, protestano, ricercano le responsabilità, ricostruiscono la storia segreta delle sparizioni incassando racconti atroci, testimonianze raccapriccianti, immaginando cosa sia successo ai propri figli, inorridendo al solo pensiero. Eppure vanno avanti a fronte alta. Nel 1997 presentarono denuncia alle autorità italiane contro monsignor Pio Laghi, all'epoca dei fatti nunzio apostolico in Argentina in quanto "collaborò attivamente con i membri sanguinari della dittatura militare e portò avanti personalmente una campagna volta a occultare tanto verso l'interno quanto verso l'esterno del Paese l'orrore, la morte e la distruzione". Hebe stessa, nel 1979, fu arrestata per ordine del nunzio, quando si recò da lui per consegnare la documentazione sulla repressione in atto. Per dimostrare che le accuse erano fondate, le Madri fornirono al ministro di Grazia e Giustizia Giovanni Maria Flick un elenco di persone pronte a testimoniare che il monsignore sapeva eccome, visitava i campi di concentramento e di tortura, collaborava alle decisioni relative ai detenuti, veniva consultato sulla forma di esecuzione pietosa e cristiana con cui procedere.

La denuncia non ebbe alcun seguito. Laghi non poteva essere processato in Italia in quanto godeva di un'immunità che solo il papa poteva ritirare.

Incontrai Hebe dopo che fu ricevuta da Giovanni Paolo II; mi raccontò che il papa le si avvicinò, prese dal vassoio un rosario e glielo porse. Lei si genuflesse e disse: «Santità, non accetterò in dono questo rosario fintanto che lei continuerà a tenere al suo fianco e all'interno della Chiesa uno come Pio Laghi».

Ecco da chi imparo io la dignità.

Confessioni

Coi tassisti ho un bel rapporto, forse perché tra loro si è sparsa la voce che lascio la mancia. Una notte tornavo dalla visita a una famiglia in difficoltà e a fine corsa chiesi al conducente quanto gli dovevo. Mi rispose: «Mi può confessare?». Lo confessai in macchina e non mi fece pagare. Me ne capitano... Un'anziana prostituta dei carruggi mi chiese l'assoluzione perché la dava gratis ai barboni.

L'invito all'astensione in occasione del referendum sulla fecondazione assistita proprio non mi andava giù. Non riuscivo ad accettare che la mia Chiesa ordinasse di rinunciare al diritto di esprimere le proprie idee. Il voto è il *genus* della democrazia.

Ritengo fondamentale rispettare la divisione dei ruoli fra la Chiesa e lo Stato con le sue leggi. Basta citare l'articolo 98 del Testo Unico della legge elettorale, completata con la legge numero 352 del 1970, sui referendum: "A ministri, a prelati è vietata la propaganda astensionista". Mi fu allora recapitata una lettera di avvertimento: se non ritiravo le mie affermazioni, l'autorità ecclesiastica avrebbe preso seri provvedimenti. Non mi preoccupavano le accuse generiche che mi venivano rivolte, le false interpretazioni sulla mia posizione. È vero, forse creavo sconcerto fra alcuni fedeli, ma in misura inferiore rispetto a quello che la proposta dell'astensione, così difesa dai vescovi, aveva generato nella vasta comunità dei credenti e tra numerosi non credenti che guardano alla Chiesa con gioiosa speranza.

In seguito all'approvazione "blindata" della legge 40/2004 era logico attendersi l'insurrezione laica. Ho riflettuto molto sui documenti del vertice della CEI, ho consultato religiosi, religiose, fratelli cristiani, giuristi e, per amore della Chiesa, ho cercato di portare il mio contributo per evitare confusioni, steccati, muri contro muri. Non ho mai detto come si dovesse votare, il sì o il no spettava ai singoli. Ho solo chiesto ai cattolici di accettare con fierezza il confronto referendario, di mettere in campo le nostre idee, i nostri principi, tastando il polso della società. Il cristiano non fugge dalla storia, dalla *polis*, dalla città degli uomini. Mi aspetto, con tanta speranza, un incontro fecondo tra Fede e Speranza. Tutti alla ricerca di una rigorosa regolamentazione, di una medicina calda e umana, con rispetto e reciproca fiducia. Continuo a coltivare una visione del mondo tenera e coraggiosa e soprattutto ho imparato a tenere nel massimo rispetto l'autodeterminazione di tutte le persone, con la loro libertà di coscienza. I principi evangelici, le profonde indicazioni morali del Magistero, non cadono per un confronto elettorale.

Siccome bisogna distinguere tra obbedienza, acquiescenza e servilismo, replicai: "Se questa mia modestissima azione democratica sarà configurata grave disobbedienza al Magistero, senza erigermi a vittima, accetterò con semplicità i 'provvedimenti canonici' del caso. Devotissimo don Andrea Gallo".

All'ultimatum risposi diffondendo la via e il numero civico della sezione elettorale in cui sarei andato a votare.

Questioni delicate

Il cardinal Bertone di lì a poco dichiarò che, da bravo pastore, voleva conoscere i suoi preti, a uno a uno in privato. Un giorno arrivò nella nostra canonica. Dedicò qualche minuto al parroco poi mi aspettò nel mio archivio. Nella stanza ho una scrivania e dalla parte dell'ospite un'imponente poltrona vescovile, eppure quando entrai lo trovai seduto al mio posto. Tanto per affermare i ruoli. Siamo stati a lungo compagni di scuola, io sono di sei anni più vecchio e con un anno di servizio in più, ma continuo a dargli del lei. «Dammi del tu, qui non c'è nessuno» disse. Io insistevo con il lei. Se considera così importante essere chiamato Eminenza in pubblico, non vedo perché dovrei chiamarlo diversamente nel privato.

Mi aspettavo che fosse venuto a dibattere su qualche mia posizione scomoda più che a verificare i miei sforzi in Comunità. Su questo punto io però ho le idee chiare. Le religioni non devono dire al fedele come vivere e votare, altrimenti si cade nell'intolleranza religiosa. C'è bisogno invece di moderazione religiosa, cioè di bacchettare quelli che vogliono imporre come si adora Dio.

«Alla fine sei andato a votare al referendum sulla fecondazione assistita?» chiese come previsto.

«Certo Eminenza, era mio diritto e dovere.»

«Sì, ma era una questione delicata.»

«Appunto perché era delicata...»

Un prete nel mirino

Negli anni Cinquanta, nella Domenica di Passione, papa Pacelli entrava a piedi in San Pietro. La cerimonia era blindata e io, curioso di assistervi, invitai due fratelli a indossare il paramento liturgico della cotta e a seguirmi. Mi presentai alle guardie svizzere e dissi deciso: «Dobbiamo andare in sagrestia». La guardia ci indicò la direzione. Al secondo sbarramento trovammo i gendarmi, che, ingannati dalla mia sicurezza, addirittura ci accompagnarono. Ci infilammo nel piccolo corteo che andava a prendere il papa. Un monsignore ci fermò: «E voi chi siete?».

«Noi siamo chierici salesiani» risposi fermo.

«Non siete nella lista.»

«Ma come non ci siamo? Come abbiamo fatto allora ad arrivare fin qui?»

«Avete ragione. Mi spiace però, all'altare della confessione non posso assicurarvi il posto a sedere.»

«Non si preoccupi, capisco» terminai.

Ci ritrovammo a due metri dal papa.

Il giorno dopo il direttore del mio istituto richiamò i miei due fratelli, che tornarono indietro in lacrime. Era successo che i superiori ci avevano riconosciuto durante la funzione e ci volevano punire. Al mio turno, il direttore esordì: «Chierico Gallo, avete infranto le regole. Inoltre, per entrare a San Pietro, avete sicuramente scavalcato le transenne».

«Non è vero. E poi mi volete richiamare perché desideravo vedere il pontefice da vicino?»

Ero già nel mirino.

Beppe Grillo

Grillo mi salvò una volta dal palco. Mi davano per scomunicato e lui durante il suo spettacolo tuonò contro il vescovo neoinsediato Tarcisio Bertone: «Ma come eccellenza, lei è appena arrivato e vuole toccare don Gallo?». Per assurdo, grazie a lui e alla reazione popolare, le tensioni si stemperarono e il caso rientrò. Per il mio ottantesimo compleanno Beppe mi ha telefonato dicendo: «Auguri Gallo. E ricordati che noi due siamo i rompicoglioni più interessanti d'Europa!».

Liberarsi dalla necessità del carcere

Il caro Mario Tommasini fondò l'associazione "Liberarsi dalla necessità del carcere", al cui progetto sono molto legato. Mise seriamente in discussione le istituzioni totali, svuotò i brefotrofi e affidò gli orfani a famiglie adottive, i detenuti minorenni a cooperative sociali, abolì le classi differenziate, creò gli orti sociali per anziani e pensionati, appartamenti per gli ex internati. Ottenne risultati eccellenti con persone considerate irrecuperabili, umanizzò la loro situazione e coinvolse nel progetto operatori, magistrati, la città intera, pensando che la salute di ognuno fosse responsabilità collettiva. Nessuno è libero finché non lo è anche chi gli sta accanto. Credeva in un percorso di riabilitazione e reinserimento, tutt'altra direzione rispetto a manicomi, carceri e collegi dove non si pratica l'assistenza ma la penitenza, la coercizione, l'abbandono.

Ricordo che secondo la legge "nei confronti dei condannati e degli internati deve essere attuato un trattamento rieducativo che tenda, anche attraverso i contatti con l'ambiente esterno, al reinserimento sociale degli stessi" e che "il trattamento penitenziario deve essere conforme ad umanità e deve assicurare il rispetto della dignità della persona". Purtroppo in rari casi l'ordinamento viene rispettato. Le prigioni sono pozzi neri dove caliamo chi ha sbagliato, luoghi di punizione che non tengono conto dei percorsi di espiazione e redenzione, spesso sono scuole di criminalità che restituiscono alla società uomini incattiviti.

Non capisco perché non si trovino valide alternative alla pena. Per esempio la nostra retta per un residente, vitto e alloggio e operatori, è di quarantacinque euro al giorno, invece la retta di un detenuto per reati minori è di trecentoventi euro al giorno. Deduco, se li assegnassero a strutture come la mia, non staremmo meglio tutti? Le carceri risolverebbero il problema del sovraffollamento, i ragazzi comincerebbero un percorso serio di educazione alla legalità, reintregrazione sociale, avrebbero la possibilità di salvarsi e di rendersi utili, lo Stato risparmierebbe soldi.

Quando era ministro Giovanni Maria Flick gli dissi: «Mi scusi, quanto costa ogni detenuto al giorno?».

«Duecentomila lire.»

«Se gli date centomila lire al giorno, vedrà che questi qui non rubano più!»

Bianchi saranno i corvi

Ricevo molte lettere dal carcere; le riconosco subito perché i detenuti sono ormai tra i pochi che scrivono a mano e mantengono una calligrafia. La maggior parte delle volte iniziano: «Don, sono in cella con un suo amico che mi ha parlato di lei». I miei amici sono spesso in galera. Mi raccontano storie di disperazione, di disagio personale, di convivenza forzata in spazi ridottissimi, tentativi di suicidio. Una volta ricevetti una lettera da un ragazzo: "La mia storia è talmente disastrata che prima o poi mi uccido". Gli risposi: "Caro, hai ricevuto il dono della vita. In questo universo immenso tu sei un granello, ma sei importante". A stretto giro di posta replicò: "Caro don Gallo, ho ventinove anni. Finora nessuno mi aveva mai detto che sono importante". Tempo dopo mi mandò una poesia: "Bianchi saranno i corvi, nera verrà la neve, prima che io ti dimentichi". Era bastata una parola a riscattarlo. Ecco quando gli emarginati diventano insegnanti.

A distanza di voce

Talvolta le regole da seguire sono talmente rigide che scadono nel grottesco. Quando in Comunità ospitiamo qualcuno agli arresti domiciliari, le pattuglie vengono a citofonare per controllarlo in piena notte. Ma come, dico io, dalle nove di mattina in poi non è un tipo pericoloso e poi lo diventa a notte fonda?

È chiaro che se non fosse in casa saremmo noi i primi a preoccuparci di segnalarlo al servizio pubblico. Una volta discutemmo con i carabinieri perché scoprirono un nostro ragazzo sul pianerottolo invece che nell'appartamento. A Ponzone, dove la cascina è circondata da tredici ettari di terreno, il maresciallo creò problemi perché ne trovò uno nell'aia. Da allora accettai i ragazzi agli arresti domiciliari solo a patto che il criterio per controllarli fosse "a distanza di voce", così almeno potevano uscire a veder le stelle.

Ciao, signora America

Io e Fernanda Pivano siamo nati lo stesso giorno. Lo scorso 18 luglio dovevamo vederci a pranzo, per festeggiarci a vicenda, ma abbiamo rimandato per motivi di salute. Quando Dori mi ha comunicato la notizia della sua morte mi sono sentito "smarrito" a ottantun anni. Mi sono detto: "Ho perso un altro punto di riferimento". Fernanda ha sempre sottolineato che avrebbe voluto un funerale religioso solo se a celebrarlo fossi stato io. Si dovrebbero rispettare le ultime volontà delle persone. La funzione invece è stata affidata all'abate locale e ad altri preti, mentre a me avevano gentilmente concesso di parlare fuori dalla chiesa, in piazza. Mi sono opposto, e imposto, e ho tenuto la mia omelia. In chiesa. La stessa in cui dieci anni fa io e Fernanda salutammo De André. Ancora una volta la collina di Carignano si è sciolta in un lago d'Amore.

Fernanda gioiva, ormai novantenne, per la visita dei ragazzi che andavano a farsi autografare i libri che avevano permesso loro di sognare. Lei stessa, al liceo, in mezzo minuto si innamorò di Hemingway e di *Spoon River*, negli anni Cinquanta fu desiderosa d'incontrare dal vivo i maestri di una narrativa che in Italia si conosceva appena e che si proponeva come rottura, in controtendenza. Scoprì un mondo di sogni, di ideali e valori che non si stancava mai di celebrare, uomini che in nome del ritorno all'essenzialità vivevano e scrivevano senza distinguere tra arte e vita. A me piace la strada. A me piace *On the road* di Kerouac, il libro della libertà. E i giovani amano la libertà autentica, mentre noi li massacriamo col proibizionismo.

Non se ne va Fernanda, il passato dei ricordi si insinua nel presente con un'immanenza che è insieme dolente e grata. Altre persone prenderanno il testimone per proseguire l'impegno a lottare, con le armi della parola, della poesia, della coerenza, della pace, contro questo sistema che produce violenza, sfruttamento e infamità, fatta appunto di quell'universo reietto della volgarità, della menzogna, delle ricchezze ostentate e dell'ignoranza elevata a unico valore.

Fernanda era una persona sensibile, una donna rigorosa e severa, ma anche scherzosa.

In una festa alle Cinque Terre dichiarò ai giornalisti: «Mi sono fidanzata con don Gallo stasera e sono già incinta».

A me personalmente, come prete cattolico, Fernanda ha insegnato la laicità, intesa come spazio etico in cui tutte le religioni possono essere capite e rispettate. Si augurava una fede senza arroganza e senza crociate, la possibilità di riconoscere un'etica anche a chi non crede in Dio.

Come desiderava, le ho portato rose bianche sulla bara. E l'ho salutata così. Fernanda: Shalom, Salam, Pace.

Ciao, signora America.

Ciao, signora Libertà.

Ciao, signorina Anarchia.

Ladri di cultura

Nella nostra Comunità leggere e informarsi è sempre stato considerato una priorità. Ai ragazzi ho sempre detto: «Non vi preoccupate del fatto che non abbiamo soldi. Se avete voglia di studiare, i libri li rubiamo». Così ogni volta che entravo alla Feltrinelli il gestore si lanciava al microfono: «Un annuncio per tutti i commessi: attenti è arrivato il Gallo!».

Il disertore

Quando non esisteva la legge sull'obiezione di coscienza mi è capitato spesso di ospitare disertori e ne vado fiero perché l'unica guerra da farsi è quella alla guerra. Come scriveva Boris Vian non si può obbedire per andare a morire né per ammazzare.

Una volta un ragazzo arrivò da me con l'enciclica di papa Giovanni XXIII *Pacem in terris*, pubblicata l'11 aprile 1963. Mise a confronto il testo latino con quello italiano e mi fece notare che non corrispondevano. *Aetate hac nostra, quae vi atomica gloriatur, alienum est a ratione, bellum iam aptum esse ad violata iura sarcienda* nella traduzione diventa "Riesce quasi impossibile pensare che nell'era atomica la guerra possa essere utilizzata come strumento di giustizia", dove il "quasi" è inserito arbitrariamente e lascia aperta l'ipotesi che una guerra possa ritenersi giusta e dove sparisce la condanna netta del pontefice contenuta nell'espressione *alienum est a ratione* ovvero "chi pensa di portare la giustizia con le armi è pazzo".

Un amico, ufficiale americano, mi ha confessato che ritiene gli italiani quantomeno buffi. Ha detto: «Sai quante bombe atomiche covano sotto il bunker di Aviano? E a voi fanno paura i poveracci che arrivano sui gommoni». Io non capisco come faccia la Marina militare, che ha codici morali così forti, a rispettare ordini inumani. Di solito, quando si avvista un naufrago, le poppe girano e lo si tira a bordo senza chiedere chi è. Non so con quale fegato si cedano i clandestini a un killer che li abbandona nel deserto. In questi casi è obbligatorio disobbedire.

Dopo la guerra in Kosovo i pescatori dell'Adriatico hanno trovato nelle loro reti alcune bombe inesplose. Si vede che qualche pilota di buon senso aveva deciso di liberarsene. Quella guerra la chiamarono "ingerenza umanitaria". Per una questione di coscienza mi rifiutai di dire messa per oltre settanta giorni. Andai dal cardinale Tettamanzi e dissi: «Io con l'altare non ho niente a che spartire». Disertai perché non sono pazzo.

A un rinfresco incontrai un cardinale, il quale colse subito l'occasione per insinuare: «Tu sei sempre in giro per l'Italia, ma li studi i Vangeli?».

«E certo!»

«E quanti sono?»

«Cinque: Marco, Luca, Matteo, Giovanni...»

«E il quinto?» incalzò preoccupato.

«Il Vangelo secondo De André.»

In fondo, "In direzione ostinata e contraria", non è la sintesi del Vangelo di Gesù? La poesia musicale diventa coscienza civile, comprensione umana, preghiera smisurata, guerra alle ipocrisie, amore per i perdenti e i derelitti, quelli che la gente perbene lascia a terra nella sua inarrestabile corsa verso il trionfo materiale. Ecco che il poeta con il suo genio trova ispirazione indagando nei bassifondi, nei vicoli ombrosi, tra viados, barboni, rom, artisti libertari, e da lì scatta la sua insofferenza verso il potere, verso il clero moralista, verso l'intolleranza. Tutta la sua opera si libera negli anfratti, corre su due binari: ansia per la giustizia sociale e speranza di un mondo nuovo. Nell'affresco di anime salve Fabrizio tornava a sfidare un mondo dove, coltivando tranquilla l'orribile varietà delle proprie superbie, sta la maggioranza. E sotto, o ai margini, le minoranze, disobbedienti alla legge del branco, stanno come una svista, come un'anomalia, una distrazione. Morì nel gennaio del 1999. Con tutto il rispetto per la liturgia, io che lo conoscevo non me la sono sentita di stare nella basilica. Ero in piazza, con tanti disgraziati, sotto una grande bandiera anarchica. Anarchia sì, non un dogma o un decalogo, ma quell'atteggiamento profondo dell'anima che aspira alla libertà

Laudate hominem

Conobbi De André dapprima indirettamente. Mi raccontò di lui don Giacomino Piana, suo insegnante di religione al liceo Colombo, dove in quei giorni si era tolto la vita un adolescente. Fabrizio rimase colpito dal fatto e scrisse un componimento in cui se la prendeva con la Chiesa cattolica perché negava il funerale ai suicidi. Nacque da lì la mia curiosità per lui e cominciammo a frequentarci. Ci teneva a parlare, a tirare notte insieme, ma l'impegno in Comunità, proprio in quegli anni, mi trascinava via. Non lo seguii quanto avrei voluto, eppure le nostre conversazioni sul "Punto" di Dio furono rivelatrici. Mi spronava sempre: «Se vuoi fare il prete, non puoi restare chiuso in sagrestia». Infatti entrambi scantonavamo nei carruggi. Nella "Buona Novella" c'è il fulcro del nostro pensiero e del nostro operato: *Laudate hominem*, cioè mettete al centro l'uomo.

Gli promisi che avrei portato Dori Ghezzi a una partita del Genoa. Mi perdonerà se quando l'ho fat to abbiamo pareggiato.

Dori, quando organizzò a teatro il tributo a cui parteciparono i big della canzone, riservò duecentocinquanta posti per me, e io mi presentai a teatro coi miei derelitti. Qualcuno dell'organizzazione intendeva mandarli nel loggione, confinarli lassù, con la scusa che non c'era più spazio a disposizione. «Non vi preoccupate» dissi «ci penso io.» Fermai il traffico della sala e come un vigile li feci sedere in platea, tre qui, due là, tossici, barboni, prostitute accanto a notai, dame e politici.

«No, lì no» mi intimarono. «Lì ci va il ministro della Cultura Giovanna Melandri.»

«Allora le mettiamo accanto una puttana delle vecchie case, vedrai come esce arricchita dall'incontro!»

Erano tutti molto preoccupati, mi chiedevano garanzie su ciò che sarebbe successo e io li tenevo sulle spine rispondendo che non potevo saperlo, essendo io un prete, non un indovino. Invece sapevo benissimo ciò che poi accadde: i miei emarginati erano quelli che durante le canzoni piangevano veramente.

Il Ghetto

Nel 1500, nella zona di via del Campo, da cui partono carruggi e varie intersezioni, erano confinati gli ebrei. Il termine "Ghetto" continua da allora a designare l'area. Lì De André e altri tiratardi facevano frequenti incursioni. È uno spazio meraviglioso. Se nel dopoguerra avessero iniziato a risanare dal colle di Sarzano a Principe, oggi avremmo il centro storico più bello d'Europa; invece due sestrieri sono andati addirittura distrutti; restano macerie e speculazioni edilizie. Le ruspe spianarono via Madre di Dio e la gente del quartiere fu deportata in collina, quella vena pulsante venne ferita. Lo stesso accadde per la zona di Piccapietra, un angolo significativo abbattuto per costruire il palazzo della Regione. Buttarono giù anche la casa natale di Raffaele Paganini, gli lasciarono una lapide e i giardini di plastica. Ho avuto il piacere di rivedere quei posti nel film *Il Generale Della Rovere* del 1959, luoghi che ormai non esistono più, di incontro e di scambio, la fontana dove si abbeveravano i cavalli, i truogoli dove le popolane andavano a lavare i panni. Negli anni Settanta, vicino alla Chiesa di San Donato, iniziarono i lavori. Fu alzata una staccionata che ogni mattina operai e ingegneri trovavano puntualmente a terra. Indissero così una vera e propria caccia all'uomo e alla fine beccarono il parroco col suo chierichetto. Chi aveva vissuto in quelle strade non digerì mai lo scempio.

Quando ero ragazzo ogni mese arrivava la sesta flotta americana, la portaerei lasciava in franchigia migliaia di marines che per prima cosa si dirigevano, con i dollari in tasca, nei bordelli. Era un periodo aureo per i bottegai; i negozi della Maddalena vendevano delizie di tutti i tipi. La prostituzione era fonte di commercio, quindi le puttane e gli ubriachi non davano fastidio a nessuno.

Quando la flotta non arrivò più, le famiglie cominciarono a preoccuparsi di morale e di decoro E le risposte istituzionali alle lamentele da allora sono sempre imperniate sulla rimozione, o dalla coscienza o dal luogo.

Io invece credo che ci sia bisogno di governarla, la realtà. La prostituzione, soprattutto in una città con il porto, è inestirpabile. È un dato di fatto, come la movida dove ci sono locali per i giovani. Accade a Genova come a Barcellona e a Rio.

L'esodo di portuali e pescatori svuotò completamente il Ghetto. Per primi lo occuparono i ragazzi che tentarono l'esperienza delle comuni, poi i migranti del Maghreb. In zona Maddalena, dove la prostituzione è sudamericana e nordafricana, oggi domina il racket. In via del Campo ci sono le trans, autonome, proprietarie dei fondi in cui lavorano, alle quali va il mio totale rispetto. Siccome il vero pericolo è abbandonare le strade e le piazze, rintanarsi in casa vittime della paura e del pregiudizio, finendo così per scucire il tessuto sociale, io e la Comunità abbiamo cercato un dialogo con gli abitanti del Ghetto. In principio abbiamo fissato appuntamenti in canonica, poi con un amico grafico è nata l'idea di fare il calendario 2009 delle trans. Difficile selezionarne solo dodici, perché molte sarebbero volute apparire; alla fine lo abbiamo finanziato, realizzato, e le mille copie del calendario sono volate via, vendute tra i loro clienti e la biglietteria della mostra di De André. Poi abbiamo organizzato l'evento "Faber e la città vecchia – dove il sole del buon Dio non dà i suoi raggi", portando cittadini, turisti, residenti di ogni razza e colore nel ventre del quartiere meno frequentato, attraverso le note e le parole dell'artista che ne fu il cantore e l'interprete, per avviare un processo di tolleranza e convivenza, lì dove "la graziosa con gli occhi color di foglia" passava la notte sulla soglia a vendere "a tutti la stessa rosa", nel luogo delle "princese" e delle bocche di rosa, i bassifondi in cui è rintanata l'umanità che ispirava De André, il bacino delle cronache nere a cui attingeva per ricavarne fiabe.

Conversando con Fabrizio eravamo concordi sul fatto che l'emarginazione può essere uno stato di grazia, perché sottrae al potere, quindi al fango, e ti avvicina al Punto di Dio. Quelle vite perdute sono anime salve.

Il marxista della CEI

Il mio sguardo è tarato, va sempre a chi è in fondo alla fila. Durante un'assemblea feci il mio accalorato intervento, che come al solito qualcuno ha scambiato per comizio politico: «Bisogna esaminare seriamente le situazioni degli emarginati, che il nostro sistema di vita ignora, persino coltiva. Anziani, handicappati, tossicodipendenti, dimessi dal carcere e dagli ospedali psichiatrici: perché accrescere ulteriormente la folla dei nuovi poveri? Perché la società attuale risponde così poco a un'emarginazione clamorosa? Con gli ultimi e con gli emarginati potremo recuperare tutti un genere di vita diverso; demoliremo innanzitutto gli idoli che ci siamo costruiti: denaro, potere, consumo, spreco, tendenza a vivere al di sopra delle nostre possibilità. Riscopriremo i valori del bene comune, della tolleranza, della solidarietà, della giustizia sociale e della corresponsabilità».

A quel punto, nel salone, si alzò in piedi un giovane prete e urlò: «Basta venire qui a fare il marxista. Rispetti l'ambiente cattolico in cui si trova e opera!».

Allora risposi: «Mi scuso molto, ho dimenticato di citare la fonte: *La Chiesa italiana e le prospettive del Paese, documento del Consiglio Permanente della* CEI, *Roma 23 ottobre 1981*».

Nel mio mondo

Per i dieci anni dalla scomparsa di De André, Piero Pelù ha regalato la sua versione rock-blues de *Il pescatore* al programma di Fabio Fazio. Alla fine dell'esibizione mi ha pubblicamente dedicato la canzone. Nelle interviste ha dichiarato che mentre la cantava pensava a me, pescatore di anime. È riuscita talmente bella che l'ha inserita nella scaletta dei suoi concerti. Sono fortunato a conoscerlo. Piero è una cara persona, ha una grande energia e difende con passione ciò in cui crede. Doveva venire alla Feltrinelli di Firenze per presentare il mio libro *Angelicamente anarchico*, ma il suo volo era in ritardo. Non si è perso d'animo e dalla sala d'attesa dell'aeroporto ha mandato un lungo fax alla libreria. Fa delle improvvisate più che gradite. Una volta è piombato qui, siamo andati a mangiare alla Lanterna, fra quei tavoli ha composto il brano *Nel mio mondo* e mi ha addirittura infilato nel videoclip. Molti artisti, come lui o Roy Paci, passano volentieri da queste parti e io sono loro grato perché chi ha il dono della musica sa far volare anche chi non ha le ali.

Cristo e i due ladroni

La Corte europea ha ritenuto, all'unanimità, che l'esposizione del crocifisso nella scuola è in contrasto con la convenzione dei Diritti dell'uomo. Punto e basta. Non intende sottovalutare l'importanza delle religioni, al contrario vuole assicurare la tutela di ogni diritto religioso. Il verdetto ci scuote, a mio avviso, positivamente. Penseremo, anche in questa occasione, che la Corte di Strasburgo sia un covo di giudici "rossi"? Questa sentenza può aiutare tutti a comprendere meglio i segni dei tempi, e soprattutto può stimolare a vincere le "paure" per affrontare una riflessione più profonda sulla convivenza tra i diversi, cominciando a considerare l'alterità una ricchezza.

La reazione italiana è, al solito, pessima. Le forze politiche sfruttano la decisione a proprio vantaggio elettorale, cavalcano l'opportunità feconda per guadagnare consensi in una triste stagione dove vincono la frammentarietà culturale ed etica e le tentazioni localistiche. L'Italia è percorsa dall'ossessione identitaria, invece i Padri fondatori dell'Europa, tra i quali i cattolici Alcide De Gasperi e Konrad Adenauer, mai cedettero alla tentazione di ancorarla a "radici cristiane". La loro intuizione profonda era di unificare l'Europa intorno all'eguale diritto di tutti e di ciascuno per renderla interetnica, interreligiosa, laica. Mi chiedo, frastornato, come mai lo zelo nel difendere il crocifisso nelle scuole non si estenda alla condizione dei nove milioni di poveri, ai precari, ai senza lavoro, ai senza identità, ai senza casa, ai migranti, ai clandestini, ai detenuti. L'emergenza grave non è la sentenza sul "crocifisso" negato ma la tenuta democratica del Paese intero. L'allarme vero è che i seguaci di Gesù dimenticano quotidianamente i principi irrinunciabili come il perdono, l'amore dei nemici, il servizio agli altri, l'accoglienza, la solidarietà. Il cuore del messaggio cristiano ha ben poco a che fare con giochi di potere, interessi economici, meschinità travestite da nobili parole, impunità, arroganza, xenofobia, omofobia, razzismo. Non è affidato a un oggetto, ma a uomini e donne in carne e ossa: è la "vita" dei cristiani che deve essere un racconto credibile del Vangelo, un racconto che nessuna "crociata" può sconfessare. Al cristianesimo servono testimoni non testimonial.

Liberiamoci dunque dagli argomenti strumentali: il crocifisso non è un'icona culturale e Cristo Gesù è il Salvatore di tutti e non un simbolo di divisione. Continueranno purtroppo i ricorsi, le grida, le sceneggiate, l'uso politico della religione cattolica e dei suoi valori. Mussolini soleva dire: "Sono cattolico e non cristiano". Ricordo che nel mio percorso scolastico, dall'asilo all'Istituto nautico, nessuno ha mai pensato di rimuovere il crocifisso, eppure all'epoca sul muro era scortato a destra da re Vittorio Emanuele III e a sinistra dal Duce: Cristo e i due ladroni.

Sarai cristiano e antifascista

Il battesimo attesta che apparteniamo a questa Chiesa. È il primo sacramento che riceviamo, l'ingresso principale, e chi vi accede deve testimoniare il messaggio di Gesù, partecipare alla vita della città e non discriminare nessuno. Il battesimo rende figli e non sudditi di Dio. In un'epoca in cui il virus del fascismo è in libera uscita, il cristiano non può non essere antifascista. Perciò, oltre a mantenere il testo, i simboli come l'acqua e l'olio e le consuete formule rituali, ho aggiunto una regola di comportamento a cui dovrà attenersi il buon cristiano. Lo scorso ottobre, al termine della cerimonia per il battesimo di due fratellini, Enrico, di quattro mesi, ed Eleonora, di poco più di un anno, ho detto: «Io ti battezzo nel nome del Padre, del Figlio, dello Spirito Santo. E dell'antifascismo».

Profilattico

Alcuni anni fa fui convocato da un professore di Morale. Il segretario arrivò in sala d'attesa e annunciò: «Sua Eminenza l'aspetta in udienza». Poi aggiunse: «Lo sa che oggi il tema è delicato?». Non lo sapevo. La prese dunque alla larga: «Don Gallo, lei è tanto buono...». Diffido sempre quando iniziano così. Proseguì con acrobazie varie e alla fine rivelò: «Ecco, Sua Eminenza non può sentire la parola "preservativo"».

Rimasi interdetto, poi rilanciai: «Profilattico?».

«Nemmeno.»

«Condom?»

«Per carità!»

«Allora con che termine trattiamo l'argomento?»

«Si mantenga sull'anticoncezionale.»

Entrai nell'ufficio e partì subito la correzione fraterna: «Gallo, tu devi andare dai giovani coi principi...».

Non mi trattenni: «Eminenza io li conosco i principi. I nostri giovani, lo sa, scopano».

Non capiva che cosa significasse. Io propongo la morale cattolica, ma la realtà è un'altra. Perché allora chiudere gli occhi?

Quando ci fu il raduno dei papa-boys per il Giubileo del 2000 a Roma furono trovati centinaia di preservativi a terra, eppure era tutta gioventù selezionata, di formazione cattolica.

Continuai infervorato: «Eminenza, attraverso i rapporti si trasmettono gravi malattie. La Chiesa non è solo ostracismo e burocrazia. Confrontiamoci con la scienza. E poi dopo il Concilio c'è un'apertura, viene riconosciuto il primato della coscienza personale».

Niente da fare, era un muro di gomma, così me ne andai sbattendo la porta.

Tre giorni dopo mi scrisse la seguente lettera, nonostante abitiamo a un chilometro di distanza: «Caro figliolo, è vero il primato della coscienza personale è dottrina certa. Tuttavia una coscienza si può dire retta solo se fa riferimento alla verità».

Risposi: «Allora perché non la cerchiamo insieme?».

La verità per me è matematica: più di trenta milioni di malati di AIDS nel mondo.

La carne è debole

In un dibattito svoltosi a Reggio Emilia si discuteva sul tema dell'AIDS. Dopo l'intervento dell'infettivologo la conduttrice Serena Dandini venne da me col microfono: «Don Gallo, allora cosa diciamo ai nostri vescovi sui preservativi?».

«Cara Serena, diremo che, se vanno a puttane, devono usarli.»

Quasi crollò il teatro. Tempo dopo fui richiamato dal cardinale: «Andrea hai detto che i vescovi...».

Lo interruppi subito: «No, no. Io ho precisato "se". Perché lo spirito è forte, ma la carne è debole».

Un abbraccio a Stefano

Le foto del corpo martoriato di Stefano Cucchi raccontano senza filtri come è morto: solo, di botte, dopo essere stato fermato perché in possesso di venti grammi di marijuana. Perdere un figlio e non sapere perché, ritrovarsi a combattere per avere "giustizia" subito, affinché non si crei un muro di gomma attorno agli esecutori in divisa come è successo nei casi di Aldo Bianzino, Federico Aldrovandi o Gabriele Sandri. La morte di Stefano, ancora una volta, ci pone un problema di sicurezza nelle nostre città, ci ricorda quali dispositivi pericolosi e gravissimi si possono innescare con le sanzioni per "le modiche quantità" o per l'uso personale di stupefacenti. Non ci riferiamo alla sicurezza tanto cara ai partiti e usata in politica per fare leggi razziali, ma alla sicurezza di non uscire morti dal carcere dopo che ci si entra in perfetta salute, di non essere trattati come nella caserma di Bolzaneto durante il G8, la sicurezza di poter vedere riconosciuti i propri diritti in caso di arresto. In pratica la sicurezza di vivere in uno Stato di diritto. La sofferenza di chi sta in carcere supera il livello ritenuto ammissibile e la pena diventa supplizio.

Soffrono in primo luogo i detenuti, ma soffre anche la polizia penitenziaria, che secondo il Bollettino degli eventi critici negli Istituti penitenziari (realizzato dal ministero della Giustizia) negli ultimi mesi ha pagato con tre suicidi lo stress di un lavoro sempre poco riconosciuto. Il documento, noto solo agli addetti ai lavori, parla di morti, di omicidi, di suicidi, di autolesionismi.

Solo quest'anno ci sono stati 146 decessi. Nel riepilogo si può notare che i suicidi riguardano prevalentemente i detenuti più giovani; addirittura i dieci morti in carcere più giovani del 2009 sono tutti suicidi e due avevano solo diciannove anni. Le morti per cause da accertare sono inoltre più numerose di quelle per malattia.

Roberto era finito in galera per aver rubato due teli da mare e lì è morto, per infarto dopo che il suo avvocato aveva invano chiesto la scarcerazione per gravi motivi di salute. Non sarà il caso di portare luce in queste discariche sociali?

Obex

Ricordo che mentre mi preparavo a diventare prete mi inculcavano: «Quando confessate dovete chiedere: ti tocchi? E quando ti tocchi senti piacere? Se risponde sì è peccato».

E io subito contestavo: «*Obex* (obiezione). Scusi, mi vuole spiegare se uno prova piacere come fa a essere peccato?». Mi spedivano dal Rettore Magnifico. Sul matrimonio insegnavano: «Fine principale: procreazione. Secondo fine: rimedio alla concupiscenza. Terzo: l'amore tra i coniugi». E io: «*Obex*. Ma l'amore non viene prima di tutto e poi, seguono, la maternità responsabile, la scelta degli sposi che da soli si devono amministrare? Io credo fermamente nell'etica della responsabilità». Mi rispedivano dal Rettore Magnifico.

Molti mi chiedono di andarmene dalla Chiesa, visto che non sono d'accordo quasi su niente. Ma io nella mia casa ci sto bene, la amo, rispetto la sua struttura gerarchica, perché non può essere acefala. Semmai, se qualcuno non mi vuole, che abbia il coraggio di scomunicarmi. Considero il mio dissenso un atto di fedeltà ai principi fondamentali della Chiesa e ritengo le reazioni scomposte alle mie posizioni un segno vitale.

La legge Fini-Giovanardi è autoritaria e sbagliata. Equiparando droghe leggere e droghe pesanti dimostra un'infinita irresponsabilità e genera totale ignoranza. Vengono a colloquio madri disperate che considerano "drogati" i figli adolescenti perché hanno fatto due tiri di spinello a scuola. Quando a questi ragazzi chiedo perché fumano le risposte sono davvero disarmanti: "Per stare con gli amici", "mi rilassa", "faccio meglio l'amore", "mi godo di più la musica". Eppure sono considerati al pari di criminali. Se vengono sottoposti agli odierni test antidroga rischiano di rovinarsi la vita. Il THC, principio attivo della cannabis, risulta nelle analisi fino a trenta giorni successivi alla sua assunzione. Ma davvero qualcuno crede che il suo effetto duri tanto a lungo? Può una canna fumata quattro giorni fa provocare un qualsiasi incidente oggi? Sì, secondo una legge attuale del tutto avulsa dalla realtà. Intanto le pene aumentano, le esistenze si distruggono. Viviamo in un contesto che vede un progressivo espandersi del controllo sociale attraverso il diritto penale e amministrativo. Nel caso delle droghe è grave non fare distinzione fra sostanza e sostanza. Una persona che agisce sotto l'effetto di cannabis non è equiparabile a chi è sotto l'effetto di cocaina, di anfetamina, eroina o alcol. Uno Stato consapevole ha il dovere di spiegarlo. Invece quello che fa è demonizzare, e demonizzando la sostanza crea il suo mito e colpevolizza chi ne fa uso. Il mio slogan è: GIUSTO O SBAGLIATO NON PUÒ ESSERE REATO.

Mi trovavo a presentare un mio libro nel salone del Comune di Genova quando, dibattendo appunto sulla legge Fini-Giovanardi appena approvata, un ragazzo del centro sociale Terra di Nessuno si alzò all'improvviso e disse: «Io questa legge me la fumo!». Estrasse di tasca una canna, la accese e me la passò. Senza esitare mi feci un bel tiro davanti alla platea e conclusi: «Se è vero quello che dice Fini, adesso sto male per tre giorni».

Successivamente venni a sapere che dentro c'era solo tabacco.

Mentre noi ci arrocchiamo su posizioni conservatrici l'AMA (American Medical Association), la più grande e importante associazione medica degli Stati Uniti, ha chiesto che la cannabis sia eliminata dall'elenco delle sostanze vietate dalla legge federale, perché dati scientifici mostrano come sia efficace contro il dolore cronico e altre malattie quali Alzheimer, diabete, sclerosi multipla. La Corte suprema di Buenos Aires ha decretato che l'uso personale di marijuana non è più illegale, in quanto ogni adulto è libero di decidere per la sua vita senza l'intervento dello Stato. Lo Stato non può stabilire cos'è morale e cosa non lo è. A Portland, nell'Oregon, è nato il primo "marijuana café" a scopo terapeutico. Quando ci adegueremo ai progressi degli altri Paesi? E poi, dico io, se dopo il diluvio universale la marijuana ancora c'è, vuol dire che Noè se l'è portata sull'Arca.

Carlo Giovanardi, il promotore dell'attuale e scellerata legge sulla droga, è stato il primo esponente di un governo di centrodestra a mettere piede nella nostra Comunità. Al telefono ha esordito dicendo: «Tu che fumi gli spinelli per provocazione, sei disposto a cambiare idea e a dire ufficialmente che le canne fanno male se porto con me uno scienziato che dimostra come la marijuana e l'hashish provochino danni al cervello?».

Abbiamo sempre accolto tutti, peccatori, emarginati, disperati, figuriamoci se non apriamo le porte a Giovanardi.

Andandogli incontro al suo arrivo, l'ho salutato così: «Sembra l'incontro di Teano. Solo non aspettarti che ti dica "obbedisco"».

È dunque iniziato il confronto. Il medico che lo accompagnava, il dottor Giovanni Serpelloni, ha tirato in ballo alcune ricerche del 1999, secondo cui il THC interferirebbe con le aree del cervello deputate all'apprendimento. Gli ho mostrato un documento di quattrocento pagine, frutto dello studio di esperti internazionali, che sostiene esattamente il contrario. Non c'è accordo scientifico, quindi non possono spacciare le loro carte per verità assolute. Diverse sostanze hanno effetti negativi, l'eccesso di zucchero, l'uso smodato della PlayStation e dei telefonini, le emissioni delle raffinerie, per non parlare dei farmaci, dell'alcol, delle sigarette e di certa televisione. E loro giù con prove non scientifiche.

Alla fine sono scoppiato in genovese: «Ma andiamo: gli spinelli fanno i buchi nel cervello? Non diciamo belinate!».

Lingotti di fumo

Il proibizionismo ha fallito su tutta la linea, lo ha scritto nell'editoriale anche la bibbia del capitalismo finanziario "The Economist". La guerra alla droga finora è stata un disastro, creando Stati-fantoccio nel mondo in via di sviluppo mentre la dipendenza è fiorita nel mondo ricco. La produzione di oppio e cocaina è la stessa di dieci anni fa, quella della cannabis invece è aumentata. Al massimo gli sforzi antidroga sono serviti a spostare di volta in volta i siti di produzione, hanno reso criminali consumatori saltuari. La legalizzazione è dunque il male minore. Chi è contrario sostiene che si drogherebbero più persone. Risulta invece che non ci sia relazione fra durezza della punizione e quantità di droga consumata: Paesi a confronto con leggi più o meno rigorose hanno infatti la stessa percentuale di tossicodipendenti. I benefici della legalizzazione sarebbero oggettivamente molti. Le droghe sarebbero controllate e meno pericolose, meno persone finirebbero in galera (non è infatti la droga che dispone al crimine ma la difficoltà a reperirla che porta ad agire nell'illegalità), i trafficanti sarebbero disoccupati e i proventi della mafia ridotti. Finora cosa abbiamo ottenuto? Milioni di morti e malati. Legalizzando, il problema verrebbe adeguatamente trattato e di sicuro non saremmo più a libro paga delle mafie che il proibizionismo fa prosperare.

E poi basta con le ipocrisie: le sostanze proibite sono già libere, ma senza alcun controllo. Lo dissi in un liceo: «Datemi i soldi e fra un'ora torno con quanta roba ordinate».

Conoscevo un ragazzino, figlio di una famiglia perbene, bravo a scuola, disciplinato e che non frequentava brutti giri.

Una notte arrivò nel mio archivio tremante dallo spavento. Aprì il sacco che aveva con sé e dentro c'erano file di lingotti di hashish. «Belìn» dissi «sarà più di un chilo! Non ti preoccupare resta qui che ce ne occupiamo noi.» Con un mio collaboratore impacchettammo tutto in una busta nera, la buttammo in un cassonetto, ci nascondemmo dietro una macchina e aspettammo che il camion della spazzatura se la portasse via.

Ci rendiamo conto di quanto sia facile avere accesso alle droghe?

Drogati di ostie

Mi trovavo sul treno, accanto al finestrino con il naso ficcato nella "Gazzetta dello Sport", essendo un patito di ciclismo. Mi piacciono tutti gli sport, quando non c'è doping, si capisce. Il sole batteva forte e avevo tolto il collare per il caldo asfissiante. Le due signore con cui dividevo lo scompartimento parlavano del più e del meno, imboccandosi a vicenda come spesso capita nelle conversazioni casuali: «Non sono più i tempi di una volta, bisogna aver paura a uscire di casa...».

«Con tutti questi immigrati, tutti questi drogati...»

E io zitto, stretto nell'angolo a leggere del Giro d'Italia.

«Che generazione.»

«La droga è una brutta bestia. E pensare che a Genova c'è un prete che gliela dà!»

«Addirittura! E come si chiama?»

«Un tale don Gallo.»

«Per la miseria!» sbottai io.

«Anche lei è di Genova?»

«No, veramente sono don Gallo.»

«Oh don Gallo, ma la signora non intendeva offenderla. È una brava cristiana, va in chiesa tutte le domeniche, si confessa sempre e non rinuncia mai alla comunione.»

«Sa che cosa le dico allora? Drogata! Lei è una drogata di eucarestia.»

Questa gente non ha nulla a che vedere con la mia Chiesa.

L'aggressione a Dio

Youssef Maged Al Molky guidò il commando palestinese che il 7 ottobre 1985 sequestrò la nave da crociera *Achille Lauro* e uccise il passeggero ebreo-americano Leon Klinghoffer. Aveva ventitré anni e da allora ha scontato ventitré anni e otto mesi di carcere, interi, come certezza della pena vuole. In alcuni casi. Ha fatto richiesta di affido presso la nostra Comunità ma il Tribunale di sorveglianza di Palermo gli ha negato questa possibilità: è riuscito a venirci a trovare grazie a un permesso premio di quattro giorni (di cui due passati in viaggio dalla Sicilia a Genova). Non metteva il naso fuori dal carcere da tredici anni. Ci ha raccontato la sua storia, dimostrava voglia di reinserirsi nella società, desiderava finalmente vivere una vita normale insieme a sua moglie. Con indescrivibile dolore abbiamo appreso ciò che gli è accaduto. Appena scarcerato dall'Ucciardone ha ricevuto un ordine di espulsione. In questura ha spiegato che non era un clandestino, che aveva regolarmente saldato i suoi conti con la giustizia, che era sposato con una cittadina italiana e che gli restavano tre anni di libertà vigilata da scontare. In risposta lo hanno rinchiuso al CPT di Trapani. I suoi legali hanno fatto ricorso, e mentre ancora si attendeva la sentenza del giudice di pace, Al Molky è stato prelevato dalla polizia e condotto a Roma da dove, a tarda sera, è stato imbarcato su un aereo con destinazione Damasco. Non so quante violazioni ci siano in questa faccenda: Youssef non era un clandestino, non poteva essere espulso prima che il magistrato si pronunciasse, non poteva essere espulso in quanto doveva finire i tre anni di libertà vigilata, non doveva essere mandato in un Paese come la Siria dove può essere riprocessato e condannato a morte (ricordo che l'Italia è promotrice della moratoria sulla pena di morte). Lo hanno trasferito in fretta e furia, senza avvisare la rappresentanza palestinese, senza offrirgli la possibilità di difendersi. Questo ragazzo ha pagato per ciò che ha fatto, è uscito dal carcere pensando di ricominciare daccapo, invece è sparito nel nulla. Da giugno 2009 non si hanno sue notizie. Rimuoverlo dalla nostra terra e dalla nostra coscienza è un'azione malvagia. Per i credenti è stata un'aggressione a Dio.

Noi qui coltiviamo la speranza di rivederlo presto.

La brigata partigiana

L'8 settembre 1943 mio fratello Dino scelse di stare con i partigiani, dando vita in Valpolcevera alla brigata SAP, poi chiamata "Paolo Cozzo". Lo seguii di lì a poco. Il mio nome in codice era Nan, per via del nasone che mi distingueva. Indossavamo il fazzoletto azzurro e ci definivamo partigiani democristiani. Io ero preposto a fare la staffetta. Potevo girare con facilità, grazie all'incoscienza giovanile e a una certa dose di simpatia. Avevo preso l'abitudine di mostrare ai posti di blocco tedeschi una carta di identità particolare con il timbro dello Stato, in quanto figlio di un ferroviere. In quel periodo i bombardamenti erano a tappeto. Sulle città arrivavano fortezze volanti a tre ondate, ogni trenta minuti, e sganciavano bombe a caso. Un giorno dovevo raggiungere in missione il monte Turchino, ma la linea ferroviaria venne distrutta e io mi incamminai a piedi. Arrivai alla galleria presidiata dai tedeschi, nel buio ci chiamarono a uno a uno. Al mio turno un tedesco gridò come un ossesso. Non capivo una parola ma rimasi lì davanti, in silenzio, perché scappare sarebbe stato peggio. Riuscivo solo a pensare: "Questo qui non saprà mica a memoria i nomi di tutti disertori?". Infatti la scampai bella.

Un'altra volta mi ritrovai paralizzato dalla paura. Ero fuori dal cinema Odeon, dove qualche giorno prima in un attentato quattro tedeschi erano stati uccisi e sedici feriti. Mi presero e mi sbatterono contro un muro per mezz'ora. Ero convinto che mi avrebbero fucilato. Invece mi lasciarono andare, poi per rappresaglia le SS prelevarono cinquantanove prigionieri dal carcere Marassi, alcuni nemmeno ventenni, li caricarono su di un camion, li portarono sul passo del Turchino, e li fucilarono a gruppi di sei. Nella zona di Voltri i contadini videro l'acqua del fiume rossa e, risalendolo, trovarono la fossa dove venivano gettati i corpi dei fucilati.

Dopo la Liberazione il mio gruppo rimase armato. Il 2 giugno 1946 si votava il referendum istituzionale ma voci insistenti dicevano che, se avesse vinto la monarchia, i partigiani avrebbero tentato un'insurrezione. Dormivamo dunque all'Hotel Metropolitan, sotto la copertura di una squadra di calcio, con tanto di borse sportive. L'ordine era che, in caso di vittoria della monarchia, dovevamo concentrarci in una località del Veneto. Respiravamo una tensione pazzesca ma provavamo anche una grande emozione nel vedere code lunghissime ai seggi e le donne, che non avevano mai votato, in fila. Durante lo spoglio, tenevamo le orecchie attaccate alle radioline. Quando annunciarono che la Repubblica aveva vinto piangemmo di gioia e le strade furono invase dai festeggiamenti. Fu come se il mondo riprendesse colore. Anche nei momenti di puro terrore, mai pensai di stare dalla parte sbagliata, mai ebbi ripensamenti sulle mie scelte. L'obiettivo dei partigiani non fu di instaurare il Soviet in Italia, come qualche revisionista ha tentato di insinuare, ma di conquistare la democrazia. La Resistenza non fu costituita solo da comunisti, ma da cattolici, da semplici difensori dei diritti, da donne comuni e non violente, come mia madre, che rischiavano la vita portando nelle borse della spesa pacchi di volantini clandestini.

È obbligatorio rispettare chi ha dato la vita come contributo. Oggi forse non c'è il regime, eppure i fascisti sopravvivono. Mi fido delle mie antenne. Sono quelli che si considerano superiori, virili, sono violenti e megalomani e, soprattutto, non hanno il senso della pietà.

Pertini

Sandro Pertini era una persona perbene, un fervido antifascista che rispettò i valori della Resistenza anche quando ricoprì cariche politiche che intimavano una certa prudenza formale. Quando era presidente della Camera dei Deputati si recò, poco dopo la strage di piazza Fontana, in visita ufficiale a Milano dove incontrò l'allora questore Marcello Guida. Quest'ultimo, che nel ventennio fascista era stato il severo direttore del carcere di confino di Ventotene e uomo di fiducia di Mussolini, dichiarava, mentendo, che Giuseppe Pinelli si era suicidato.

Pertini, davanti a tutti, si rifiutò di dargli la mano. Sono sicuro che oggi non la stringerebbe a molti.

Il dono della moschea

Roberto Castelli col suo loden verde, duecento leghisti e una ventina di militanti di Forza Nuova hanno fatto la fiaccolata contro la nascita della moschea al quartiere Lagaccio di Genova. Io, colbacco in testa, ero con i cinquecento giovani dei centri sociali a dire no a questi impresari della paura. La paura dell'immigrazione è lecita ma ci vogliono anche risposte a domande. Parliamo, dialoghiamo, visioniamo il progetto di questa moschea prima di bocciarlo. Non si può rimandare ulteriormente la sua costruzione, giocando con cavilli e pretese. Il diritto di culto è sancito dalla Costituzione; inoltre i costi per realizzarla gravano solo sulla comunità musulmana. Castelli accusa i Paesi arabi di mancata reciprocità, ma Gesù non diceva di dare per ricevere, soltanto di dare. In molti Paesi musulmani le chiese esistono, ce ne sono poche perché sono meno i cristiani. Proprio Genova era stimata per la sua tolleranza già nel Medioevo perché fece costruire una delle prime moschee d'Occidente. Invece di migliorare dobbiamo contemplare nostalgici il nostro passato? Quando ho festeggiato i miei ottant'anni ai giornalisti che mi chiedevano quale regalo avrei gradito rispondevo: «Una moschea per i fratelli islamici»

Ostia per tutti

Sulla questione del divorzio c'è molta ipocrisia. Oggi i matrimoni sono proclamati nulli dalla Sacra Rota con più facilità rispetto al passato, anche quando ci sono figli di mezzo. Chi riesce a farsi annullare il matrimonio può ricevere l'eucarestia, chi invece è divorziato all'anagrafe civile se la vede negata. Non so con quale cuore, una Chiesa accogliente, vieti a un ospite di sedersi alla sua tavola. Per me la discriminante non può essere burocratica. L'unica cosa che conta veramente è che si venga non per fare la comunione, ma per fare comunione, cioè per unirsi alla comunità. Quindi ostia per tutti.

La speranza

Ascolto chiunque, le mie parole però servono a pochi. Ho un amico agnostico che mi rimprovera di volerlo mandare in Paradiso per forza. Figuriamoci, nessuna religione che pretende di essere unica, può essere vera. La mia Comunità è frequentata da musulmani, buddisti, ebrei, laici, fiumi che scendono da monti diversi e confluiscono in un unico oceano di pace. Nel mio archivio c'è un rosario islamico regalatomi da una giovane indiana, un piccolo Budda – lasciato da una ragazza thailandese cresciuta in un bordello e comprata da un italiano che l'ha destinata in moglie a suo figlio –, il manifesto del maggio francese e tanti segni di passaggi.

Dio non ha religione. Chiunque ami conosce Dio,

e, viceversa, c'è molta gente che va in chiesa e non sa amare. Spesso incontro qualcuno che esordisce: «Don Gallo, io non sono cattolico», come se questo dovesse stroncare la nostra comunicazione sul nascere.

Una volta incontrai sul treno un avvocato. Eravamo soli nel vagone e cominciò a parlare: «Premetto che sono ateo».

«Lo premetto anch'io» risposi.

«Scusi?»

«Se lei è ateo, lo sono anch'io.»

«Mi spieghi» si incuriosì.

«Come fa a essere sicuro che Dio non esiste? E come faccio io a convincerla che esiste? San Tommaso ha dovuto percorrere cinque vie per capire. Lei ha la libertà di indagare, ma deve avere cautela nelle conclusioni. Lei ha speranza in un mondo nuovo?»

«Sì.»

«Allora per me è un credente.»

Michele

Michele era impazzito per amore e perché non tollerava le ingiustizie. Doveva in qualche modo attutire il dolore che lo logorava e questa era diventata la sua casa. Un giorno ci chiese di portarlo in ospedale perché non stava bene, sentiva che qualcosa non andava. Gli rifiutarono il ricovero e tornato in Comunità entrò in canonica e si buttò giù dal terrazzo. Atterrò su una macchina: così si salvò.

Ma ce lo tolsero perché non disponevamo di personale adeguato. Lo rinchiusero in una Comunità protetta. La terapia che lo sedava era droga legale, eppure lui non era mai stato violento con nessuno, né verso le persone né verso le cose; anzi nella sua stanza campeggiava una grande bandiera della pace. Là dentro Michele percepiva il senso di abbandono. Ci chiamava mille volte al giorno per sapere come stavamo, credeva che la nostra vita fosse in pericolo, era preoccupato che la mafia ci facesse fuori. Noi lo tranquillizzavamo con parole dolci, lo assecondavamo, davamo a lui e a noi stessi l'illusione, attraverso una cornetta del telefono, di essergli vicino. Poi Michele non ha chiamato più. È tornato in questa chiesa chiuso in una bara e io mi sono sentito inadeguato, una vecchia carcassa. Alla fine, presi da mille cose, non abbiamo dato abbastanza. Avrei dovuto gridare di più, avrei dovuto denunciare che non era quello il modo di prendersi cura di un ragazzo completamente deluso dall'amore. Feci un'omelia rabbiosa, di forte autocritica verso la Comunità, i parenti, i medici. Chiesi a ognuno l'impegno, la sera prima di andare a dormire, di chiedere direttamente alla propria coscienza: «Ho fatto proprio tutto il possibile oggi?». Aggiungendo: «Se non sarete generosi, arriverete alla mia età con le mani vuote». Fu un duro colpo, lo è ogni volta che qualcuno mi scivola via dalle braccia.

"Chiunque salva una vita, salva il mondo intero" dice il Talmud, ma io non posso non commuovermi davanti alla scena finale di *Schindler's list*, quando Oskar Schindler, dopo aver salvato oltre mille ebrei, piange dicendo: "Avrei potuto salvarne altri. Se soltanto io... Non ho fatto abbastanza... Se avessi venduto questa spilla, una persona in più, una persona in più"

Rebelde con causa

Conobbi Manu Chao nei giorni del G8, quando decise di finanziare il bar Clandestino che offriva a tutti gratis da mangiare e bere. È uno che della musica ha fatto un'avventura, segue le geografie trainato dalla curiosità e sparisce a tempo indeterminato, in movimento fra Parigi, Barcellona, l'America Latina e l'Africa, sempre in viaggio, con il suo studio di registrazione in valigia dove appuntare le idee e i suoni che il pianeta gli svela. Manu si è inserito a tempo pieno nella resistenza indio-afro-popolare, per esempio va in ferie nella Selva Lacandona, tra i contadini del Chiapas che lottano. Mi è rimasto impresso il suo sorriso, il genio della fanciullezza che mantiene creativi, al servizio del rifiuto di un sistema ingiusto. Perdo le sue tracce per mesi ma poi lui trova il modo di farsi sentire. Una notte di passaggio a Genova Manu, al quale i carcerati di Volterra avevano regalato un mazzo di fiori, lasciò una rosa per me legata alla saracinesca della Lanterna. Un'altra volta mi ha telefonato da non so dove: al cellulare ho capito poco, ci siamo parlati a botte di *Adelante* e *Hasta la victoria siempre*.

Per i miei ottant'anni ho ricevuto il suo regalo, inconsueto e graditissimo. Lui e Tonino Carotone mi hanno spedito un video in cui mi dedicavano una canzone. Il testo recita: «*Andale* Gallo, col tuo buonumore per lottare contro il peggio, con un sorriso per tutti, col cuore aperto. Il tuo vino, che buono, il tuo sigaro e il bicchierino di grappa... vai incontro alla vita... tu ribelle con causa, solo tu sei un rivoluzionario tutti i giorni della settimana». Parole che suonano come un complimento e che mi scaldano il cuore.

PACS *in terra*

Se vuole qualificarsi come democratica, una maggioranza deve rispettare i diritti delle minoranze. Una Chiesa che vuole aiutare deve seguire Gesù, e quindi ascoltare gli altri fino in fondo. Il rispetto delle unioni di fatto non va minimamente a inficiare il sacramento del matrimonio, non capisco in che modo i cristiani si sentano aggrediti. Gli sposi devono impegnarsi a testimoniare nella realtà politica e sociale la loro coerenza, nel rispetto tuttavia di altre scelte laiche. Il cristiano non impone nulla e visita tutte le culture La repubblica democratica è laica, ve lo dice un prete. In essa i cristiani si rimboccano le maniche, non temono di contaminarsi, non perdono la loro identità e lavorano insieme agli altri per servire. La laicità ha valori autonomi, non si fonda sul credo religioso, ed è l'unica possibilità per rispettare tutte le religioni.

L'amore non ha bisogno di registri civili, religiosi, o, come nel matrimonio cattolico, della presenza particolare del prete o delle note dell'organo. È un impegno veramente grande, di liberazione, di annuncio per tutti. I PACS non minano la famiglia. E soprattutto non mi vengano a dire che è un'unione più debole o più forte. Chi è che può giudicare questo? Bisogna rispettare qualunque coppia. Nella Chiesa cattolica il primo fine è l'amore, ed è arrogante affermare che famiglia e matrimonio vengono svuotati di significato da forme giuridiche alternative.

Mi invitarono per il Family Day e risposi: «Certo che vengo a Roma, ma non a piazza San Giovanni. Io sarò a piazza Navona, dove si difendono i diritti di tutti».

Oggetti smarriti

Nel nostro Teatro degli Zingari accumuliamo i pacchi che ci vengono lasciati in beneficenza, poi i ragazzi della Comunità li aprono, selezionano il materiale e durante la settimana lo distribuiscono a chi ne ha bisogno. Il martedì e il venerdì centinaia di persone si mettono in fila, vecchi e nuovi poveri Invito chi minimizza la crisi in atto a fare un salto qui.

All'inizio del 2009 riceviamo in dono dalle Ferrovie dello Stato un innocuo zainetto blu, con dentro quattro pacchi di stucco, chili di esplosivo, quattro candelotti, detonatori e fili nascosti dentro rotoli di carta igienica. Dimmi tu se, oltre a vestiti zeppi di tarme e scarpe spaiate (sì perché per molti devolvere in beneficenza vuol dire disfarsi di logore cose dell'armadio), ci tocca ricevere pure una bomba. Nei nostri locali giunge la Digos, la Scientifica, l'Antiterrorismo, gli artificieri, ma lo zaino giaceva da mesi nell'Ufficio oggetti smarriti dello scalo di Genova-Principe senza che nessuno lo avesse mai ispezionato. Abbiamo scoperto che non esistono controlli efficaci al momento del deposito e non vengono neppure richiesti documenti a chi lascia gli oggetti.

A che cosa servono i rigidi controlli negli aeroporti se poi le stazioni sono area franca per gli attentati? La strage di Bologna non è meno grave di quella alle Torri Gemelle.

L'etica della responsabilità

Una notte, camminavo per i carruggi quando venni fermato da un ragazzo che vendeva un libriccino di sue poesie ciclostilate. Si trattava di qualche pagina male assemblata, ma per incoraggiare questa sua passione ne comprai uno. «Quanto ti devo?» chiesi. Lui rimase di stucco, abituato probabilmente a essere sgomitato via come tutti i venditori di strada. Ci ragionò qualche secondo e, con il volto già colpevole, sparò: «Dieci euro». Come reazione rilanciai: «Allora me ne dai cinque» e gli mollai cinquanta euro. Proseguii la mia passeggiata, andai a mangiare in una trattoria con un amico e, dopo cena, mi diressi a piedi verso la canonica. Il mio amico mi fece notare che un ragazzo ci seguiva a distanza. Se ci fermavamo, si fermava anche lui. Se riprendevamo il passo, lui avanzava. Arrivati quasi in Comunità, il poeta accelerò di colpo e ci si parò davanti, agitato: «Don Gallo, non posso accettare. Ecco indietro i suoi quaranta euro».

Gli invisibili

Rino era figlio unico, la madre scomparsa precocemente, il padre un ubriacone. L'ennesima volta in cui tornò a casa senza aver trovato lavoro, il genitore lo cacciò via, con mezzo metro di neve fuori. E lui, lì, non ci ha più voluto mettere piede. Divenne un clochard, sensibile e discreto, si limitava a ritirare il suo pacchetto di viveri e qualche coperta. Una sola volta riuscii a convincerlo a venire a dormire in Comunità. Rino, in camera, dormiva per terra. Una sera, intontito dall'alcol, cadde nei meandri del porto e si spaccò la testa. Restò sul marmo quindici giorni, senza che nessuno lo cercasse.

Sergio si ostinava a non accettare i nostri inviti a mangiare in sala, al caldo; allora gli portavamo un piatto di minestra giù in strada. Era di Casale Monferrato ma se gli chiedevi da dove venisse ti rispondeva: «Da Casale Manfregato», perché suo fratello gli aveva rubato tutta l'eredità.

Alfredo invece ha una storia a lieto fine. Era un barbone affezionato alle panchine di Bologna e Firenze, ogni tanto passava per Genova. Conosceva sette lingue alla perfezione, ma dormiva sugli autobus. Faceva il biglietto e riposava da capolinea a capolinea. Chiedeva l'elemosina e con gli spicci ogni mattina pagava cappuccino e cornetto ai barboni della stazione. Un giorno tornò da Venezia sbarbato ed elegantissimo, in questa tenuta ottenne un incontro di lavoro con un armatore. Credevo che non sarebbe riuscito a sistemarsi, perché era quasi un artista del vagabondaggio. Nei mesi successivi mi arrivò un suo assegno. E pure coperto.

Buoni o cattivi

Con Vasco c'è un rapporto profondo, le sue parole arrivano dritte allo stomaco dei miei ragazzi perché attingono alla vita vissuta. Una sera, dopo cena, mi disse: «Cosa ti lascio Andrea?». Firmò un assegno e lo posò sul tavolo. I ragazzi lessero duemilacinquecento euro ed esultarono, poi rimasero di stucco quando si accorsero che c'era uno zero in più. Di nuovo lo ricordo con piacere nel 2006 a Santa Margherita Ligure. Eravamo con Fernanda Pivano. Lei lo chiamò il Comandante, disse che Vasco poteva trasformare uno stadio in un sorriso, e che con le sue dichiarazioni dal palco aveva contribuito a far finire la guerra. Lui rispose: «Ti sei dimenticata di quando camminavo sulle acque», al che io gli chiesi pubblicamente di cambiare l'acqua in vino. Ancora, durante la presentazione del mio libro a Bergamo, Dori Ghezzi mi allungò un foglio con il messaggio a sorpresa di Vasco:

> Siamo in tour tutti e due, caro don Gallo. Due rockstar: tu angelicamente anarchico e io un po' meno

angelico con le mie canzoni. Buoni o cattivi, lo sappiamo bene che non ha importanza, noi la pensiamo allo stesso modo. Sono contento che esistano persone come te che stanno dalla parte di chi ha più bisogno. Grazie per quello che fai.

Veramente sono io che ringrazio lui. Gli riconosco il dono di interpretare i sentimenti dei giovani, compreso il disincanto, e di non avere pregiudizi. È difficile scindere il bene dal male. Apparteniamo a un'unica famiglia, un unico ceppo ancestrale, e abbiamo le stesse caratteristiche costitutive. Poi alcuni ostacoli di ordine economico e sociale impediscono o deviano lo sviluppo positivo di una persona. Il male ci appartiene, ma noi dobbiamo cercare di allearci col bene. Anche De André rimescolava le due categorie fino a farne emergere gli imprevisti: le puttane insegnano e i professori vanno a lezione. Ci regalò quella frase illuminante "Dai diamanti non nasce niente, dal letame nascono i fiori".

Quando Vasco venne a fare un concerto al Porto Antico gli inviammo una torta e lui dichiarò alla stampa, alludendo alla nostra condivisa battaglia antiproibizionista, *Legalize*, un messaggio di liberazione dal mito della droga: "Le torte non sono ancora proibite, vero?". Sul biglietto avevo scritto: "Vasco, quando ti ascolto, penso che è questo il mondo che vorrei".

L'Arcangelo

Ricordo un ragazzo, un bravo elettricista, che era ospite della Comunità. Aveva inventato una sua scrittura e stilava intere pagine con una specie di geroglifici. Di notte apriva la grande panca che si trova dietro al coro e ci si metteva dentro come fosse una cassa da morto e si addormentava. Lo chiamavamo l'Arcangelo perché, al di là di qualche stranezza, appariva ogni volta che c'era bisogno, dimostrando una rara disponibilità.

Santino

Santino proveniva da una famiglia borghese. Voleva iscriversi all'Accademia militare, ma i suoi si dissero contrari e questo rifiuto sancì l'inizio del suo lento decadere. Si ritrovò in un ospedale psichiatrico, andò avanti tra ricoveri e dimissioni. Era un bravo pittore e in Comunità gli organizzammo una mostra personale in salone. Era contentissimo. Non fu abbastanza. Una sera tornò al suo appartamento, si mise seduto davanti alla televisione, si cosparse di alcol e si diede fuoco. C'era puzza di fumo nelle scale, ma nessuno intervenne. Quando arrivai io la poltrona di crine ancora bruciava.

Il tavolo a tre gambe

Nel 1953 chiesi di partire per le missioni e fui mandato a São Paulo, dove proseguii i miei studi. L'anno successivo chiesi di essere rimpatriato perché all'università teologica imperavano un cattolicesimo militante e un nazionalismo tremendo. Ogni mese si faceva una festa patriottica, i collegi salesiani preparavano la classe dirigente, dimostrandosi una congregazione coinvolta col potere. Il nostro palazzo era lontano dalle favelas e vicino al Governatorato. Il mio superiore comprese la mia posizione e lo ringrazio ancora oggi, perché altrimenti sarei diventato un guerrigliero in America Latina. Impiegai dodici giorni di nave per sbarcare a Barcellona. Visitai la città insieme a un missionario cappuccino in un taxi scalcinato. Poi in trattoria, il missionario chiese al tassista: «Come andiamo qui con il Generalissimo Franco?».

Il tassista si guardò attorno impaurito, poi, siccome la barba dei cappuccini ispira fiducia ovunque, rispose: «Quante gambe hanno i tavoli in Italia?».

E io: «Quattro».

«In Spagna ne hanno tre» mi insegnò lui «la falange, l'esercito, e il clero. Il popolo non conta.» La storia si impara attraverso gli incontri più semplici.

Santo Domingo

Un amico psichiatra mi telefonò per coinvolgermi in un progetto. Aveva comprato un terreno a Samanà, nella Repubblica Dominicana, e mi proponeva di costruirci un albergo. «Franco, qui abbiamo già tante patate bollenti» replicai. Poi, però, siccome era roba da matti non seppi rifiutare. Ci associammo, rimediammo i soldi e trovammo un impresario. Nel 1993 nacque l'Hotel Todo Blanco, ecocompatibile a tutti gli effetti; l'anno successivo sorse Las Mariposas, un complesso di casette colorate dall'architettura tipica dove i turisti possono integrarsi nella vita quotidiana locale incentivando con i loro soldi altri interventi in ambito comunitario, dall'istruzione alla sanità. Io non ci sono mai stato, ma ho inviato lì la mia perduta gente. Quelli che qui chiamavano sbandati sono riusciti, nel tempo, a costruire dieci scuole, una clinica rurale, una farmacia che arriva a soddisfare la domanda di settemila abitanti, una sartoria, due acquedotti comunitari; si sono fatti finanziare un progetto per ricostruire duemila tetti delle abitazioni dei contadini portati via dall'uragano e corsi di formazione in ambito turistico per dare lavoro ai ragazzi del luogo. Come ho detto in un circolo rotariano, facendo balzare sulla sedia qualcuno: «È un posto a sei stelle dove non si può parlare di Cristoforo Colombo, solo di Che Guevara». A chi insinuava che dovrei disdegnare la proprietà privata ho spiegato: «Noi aspiriamo alla proprietà privata, altroché, ma per donarla agli altri».

No Dal Molin

Nel 2007 migliaia di vicentini si sono dichiarati contrari all'ampliamento della base militare Dal Molin, che, oltre a provocare ingenti danni economici e ambientali, diverrebbe la più potente unità di combattimento, all'esterno dei confini nordamericani, presente in Europa, rapida a intervenire nei nuovi teatri di guerra che potrebbero aprirsi in Africa e in Medio Oriente. Opponendosi, Vicenza riscopriva una comunità legata al proprio territorio, che si incontrava nelle strade e nelle piazze, discuteva, partecipava a massicce manifestazioni. In una fredda notte di gennaio il movimento No Dal Molin montava il suo presidio permanente, una tensostruttura abitata da donne e uomini che, pur provenendo da culture politiche e gruppi sociali diversi, difendono con orgoglio e coraggio la loro terra e seguono un percorso di confronto quotidiano. Il tendone di Ponte Marchese è diventato, nei mesi, la metafora più bella della trasversalità, perché l'obiettivo per cui si batte è frutto di condivisione e di ragionamento collettivo.

I vicentini, e non solo, resistono, nonostante le campagne denigratorie. Giornali e TV parlano di gruppi di facinorosi, tentano di schierarli politicamente. Basterebbe prendersi la briga di fare un salto lì sotto per incontrare persone apartitiche, anziani, casalinghe, ragazzi dei centri sociali, cittadini indipendenti, preti, leghisti (tant'è che il terreno su cui sorge la struttura è stato ceduto da una famiglia del Carroccio) dediti ad attività quotidiane e socializzanti. Quella porzione di terreno verrà espropriata per costruirci l'ingresso della base. Allora, per mettere un granello di sabbia nei meccanismi della militarizzazione e disturbare la messa in pratica del provvedimento, il terreno è stato venduto a quote di cento euro e acquistato da 530 persone che hanno firmato davanti al notaio. Io ho comprato dieci quote. Altroché se aspiriamo alla proprietà privata, ma per opporci alla guerra.

Su la testa

Nel dicembre 2007 i Subsonica, ormai di casa nella nostra Comunità, sono venuti a suonare a Genova. Doveva essere un'occasione di divertimento e migliaia di giovani sono accorsi per assistere a un loro concerto, parte del tour che prendeva il nome dal nuovo disco, "L'eclissi".

Insieme a loro è però arrivata la Guardia di finanza con l'unità cinofila per un'operazione a sorpresa. Obiettivo: intercettare gli spinelli e rovinare la serata ai consumatori di sostanze stupefacenti, cioè quelli che ne fanno un uso personale. Non ci ho visto più. Mi sono azzuffato con le Fiamme Gialle, li ho definiti nazisti per l'assurda repressione nei confronti dei giovani e del loro mondo. Ho protestato per i controlli a tal punto che il comandante e il suo nucleo erano allibiti. Poi ho chiesto a Samuel di ospitarmi sul palco e prima di lanciare il brano *Liberi tutti* ho urlato: «Finalmente liberi dal potere mafioso, dalle religioni moraliste; liberi dalla precarietà e dalla subordinazione. I poteri sono più forti se stiamo con la testa china. Su con la testa! Nessuno libera un altro, nemmeno preti, educatori e psicologi. Ci si libera tutti insieme, anche attraverso la grande musica. Avanti dunque, dalla solitudine alla festa».

Il generale della Finanza volle conoscermi, e ci fu una riconciliazione.

Assalti Frontali

Nel gennaio 1994 un centinaio di persone occupava un locale dismesso da anni per farne il centro sociale Zapata, dove organizzare concerti, spettacoli teatrali, iniziative e assemblee. Dopo appena una settimana ci fu lo sgombero. Nel 1995 ricevetti una chiamata in cui i tenaci "sfrattati" mi avvisavano che erano in procinto di occupare un'ex scuola in disuso, questa volta a Granarolo. Arrivai lì con gli altri alle cinque del mattino seguente. Faceva freddo e un vecchietto ci portò grappa e focaccia. Nel giro di qualche ora giunse la pattuglia dei carabinieri coi quali mi misi subito a discutere: «Eh, ma quale occupare, qui c'è un orto senza nemmeno un cancello!». Per un anno la città godette di questo spazio prima che fosse trasferito in altra sede. Intanto però, io fui denunciato per istigazione all'illegalità e la notizia fu riportata dalla stampa. Convocato, mi presentai in questura. La prima domanda fu: «Lei ammette di essere stato il tale giorno alla tale ora in tale posto?».

«Belìn» risposi «era su tutti i giornali.»

L'ufficiale, che aveva rispetto per me, archiviò il caso.

Voglio ricordare una bella frase degli amici Assalti Frontali, che mi hanno dato la possibilità di parlare nel loro video *Mappe della libertà*: "Quello che abbiamo è quello che ci siamo presi e quello che ci siamo presi è solo una piccola parte di quello di cui abbiamo bisogno".

Presidente dei centri sociali

Gli amici dei centri sociali mi invitano spesso tra di loro e fanno quotidianamente esercitazioni di non violenza di ispirazione gandhiana. Dopo essere stato nominato Mammo del Leoncavallo a Milano, mi hanno eletto presidente dell'Associazione per la promozione degli spazi autogestiti che servirà per la difesa di spazi che devono essere pubblici e a disposizione di tutto il quartiere contro la città della paura, un argine forte contro le discriminazioni. Trasformandoci in un soggetto istituzionale finalmente il Comune ci considererà degni interlocutori. L'annuncio è stato dato alla Sala Chiamata del Porto, in occasione del concerto dei 99 Posse. Partigiano significa stare da una parte, e io sto dalla loro.

Venni e vidi

Il 27 aprile 2003 Giovanni Paolo II beatificò il frate cappuccino Marco d'Aviano dicendo: «Il beato Marco d'Aviano ha a che fare anche con la nostra storia. Lui è il legato papale che, dopo la vittoria di Giovanni Sobieski sui turchi a Vienna, ha portato al pontefice il seguente messaggio del re: "*Veni, vidi, Deus vicit!*". Siccome eravamo in piena guerra in Iraq, come a dire la crociata dissennata di Bush che sia la Polonia sia l'Italia appoggiavano, qualcuno ha trovato l'affermazione inappropriata e ha domandato: «Scusi Santità, lei è venuto e ha visto. Chi ha vinto?».

Io rispondo: «Il capitalismo e non Dio».

Si può

Cisco dei Modena City Ramblers mi ha invitato a partecipare alla sua canzone *La lunga notte* come voce recitante. Mi ha dato la possibilità di leggere le splendide parole del Subcomandante Marcos: "Vogliamo la luce. Per noi niente, tutto per tutti". Gli zapatisti non possiedono né lavoro né salute né cibo né educazione e chiedono indietro ciò che è stato loro tolto. Sono stati sfruttati, derubati, imbrogliati e hanno detto basta, organizzando una forma autonoma di governo. Sono nati così i *caracol*, cioè basi di appoggio, indipendenti dal governo ufficiale, dove si incontrano e si coordinano, si occupano della salute, l'alimentazione, l'educazione, la distribuzione dei beni, decidono sulle questioni relative alla loro vita quotidiana. Lì ha sede la Giunta di Buon Governo che ha il dovere di equilibrare lo sviluppo fra municipi autonomi, mediare, vigilare sui progetti, garantire il rispetto delle leggi in vigore. I delegati eletti procedono secondo il principio del "Comandare obbedendo", agire secondo la volontà della collettività, e chi non lo fa, viene destituito. Chiocciole, lente ma che avanzano tenacemente. I "temibili" zapatisti altro non sono che contadini che sognano di possedere le terre che lavorano. A chi non ha seguito la loro storia fanno paura per via del passamontagna. La verità è che fino a quando non si sono coperti il viso il mondo non li ha guardati. Un passamontagna nero perché quello è il colore dell'Ovest per i Maya, il simbolo della pace che regna quando si finisce il lavoro nei campi e ci si riposa. Nero perché il Vecchio Antonio raccontò che il dio nero si gettò tra le fiamme e divenne sole. Vuol dire che il buio si farà luce, non che stanno per rapinare una banca.

E poi viene da chiedersi: da quando la ribellione ha un'accezione negativa? Da quando contrapporsi alle ingiustizie e prendersi delle responsabilità è sbagliato? Forse da quando noi abbiamo preferito lo schianto, ovvero la rassegnazione alla caduta libera, allo scontro.

Con quale coraggio continuiamo a parlare agli indios di "scoperta" dell'America se i loro antenati ci abitavano già da migliaia di anni? Milioni di nativi americani furono trucidati, morirono brutalmente sfruttati nelle piantagioni e nelle miniere o a causa di malattie importate dagli europei. Gli uomini e le donne rinunciarono a far nascere figli per non generare schiavi. Abbiamo avuto anche il gusto di celebrare i cinquecento anni dalla scoperta dell'America, invece di ricordare i cinquecento anni di resistenza indigena. Delle medaglie, ormai. non sappiamo vedere le due facce ma solo il peso sul mercato. Il colonialismo è il più grande crimine nella storia dell'umanità. Io col genocidio non ho niente da spartire. Lo sbarco in America era il momento di un incontro culturale. Gli indios non possedevano armi e invece di imparare da loro abbiamo deciso che, in quanto diversi, non avevano anima. Io sto con loro e con gli zapatisti. Ho aiutato a imbarcare le due ambulanze intitolate a Carlo Giuliani e a Davide Cesare – due casi italiani che non hanno ricevuto giustizia –, che ora stanno presso la clinica del *caracol* di Oventic. Sono felice che il gruppo Ya basta di Genova, molte altre carovane, Cisco e gli amici della Bandabardò siano andati in Chiapas a dare il loro sostegno. Gli zapatisti chiedono solo la terra che apparteneva ai loro antenati, non di salire al potere. Di fronte a questo, si tratta di una questione di etica più che di politica, non si può non prendere posizione. Queste persone conoscono più di chi ha attraversato il mondo in lungo e in largo. Sono i viaggiatori della storia che, restando, si allontanano da un destino segnato, trascinano cuori come valigie piombate, e camminano seguendo la direzione "avanti". Nel pensiero maya sono sette i punti cardinali: sopra, sotto, destra, sinistra, avanti, indietro e il cammino che si sogna. Gli zapatisti percorrono il settimo, cioè il cammino che sognano. Lo zapatismo è la speranza di un risveglio nazionale, il risultato di una collettività che difende i principi di giustizia.

A che serve l'utopia? Serve a camminare e io, prendendo esempio da Marcos, cammino domandando. Come lui, davanti a ciò che sembra impossibile, dico: «Sì, si può».

Le cascine

Io spero ferocemente. Il primo ragazzo che venne in Comunità nell'autunno del 1974 aveva con sé solo il sacco a pelo. Lo trovammo in overdose, lo portammo in fretta all'ospedale Galliera, civile e cattolico, dove il medico ci annunciò che non potevano accoglierlo. Ho quasi bestemmiato. Si è salvato poi al pronto soccorso del manicomio. Oggi è un professore universitario. Un altro era un corriere della roba, lo consideravano irrecuperabile, oggi ha una famiglia modello ed è un eccellente amministratore delegato. Diamine quanti ce ne sono. Ricordo la nascita delle prime cascine. Qualche trave, sacchetti di cemento e le braccia bucate dei miei ragazzi che si fortificavano mentre edificavano la loro casa collettiva. Ricordo i magnifici sette che decisero di rimanere una notte al freddo e al gelo per montare il pollaio. Altri costruirono la falegnameria, la conceria, la stalla, il forno. Macinavano il grano e arrivammo ad avere ordinazioni fino a cento chili di pane, mille chili di salumi, le uova fresche di giornata da vendere la mattina al mercato. Come si fa a non andare avanti quando, semplicemente dando la possibilità del riscatto, questi gioielli opachi tornano a splendere?

Pianeta Terra

Anni fa ero in questura per aiutare una transessuale brasiliana di nome Roberta a ottenere il permesso di soggiorno. Da diversi anni si trovava in Europa, prima era stata ballerina in un club parigino, poi era stata raggirata e attirata in Italia con le solite promesse non mantenute e infine introdotta in un giro di prostituzione. Si era rivolta al Sert di Savona ma nessuna Comunità ligure voleva accoglierla. Da noi invece si era ben inserita, lavorava seriamente da un anno e mezzo eppure non riuscivamo a metterla in regola coi documenti. Stufo dell'ennesimo inceppo burocratico domandai al questore: «Scusa, son vecchio sai, soffro di amnesie. Puoi dirmi dov'è il Brasile?».

Il questore dapprima mi guardò sbalordito, poi si alzò, si avvicinò alla cartina geografica appesa dietro la scrivania e indicò: «È qui».

«Allora è un Paese della Terra!» esultai. «Mi vuol dire perché una cittadina di questo pianeta deve vedersi negata da sbirri come voi la possibilità di stare a Genova?»

A causa della presenza quotidiana dei nostri ragazzi in questura, con chi lavora lì mi posso permettere qualche confidenza, cerchiamo di aiutarci reciprocamente.

«Caro questore. Lei è cattolico?» proseguii.

«Sì.»

«Nel Vangelo di Matteo Gesù dice: "Avevo fame e mi avete dato da mangiare, avevo sete e mi avete dissetato, ero straniero e mi avete accolto". Ci erano arrivati duemila anni fa.»

«Hai ragione Gallo, queste leggi sono 'na fetenzia.»

Roberta soffriva di *saudade*, quel sentimento misto

di nostalgia, malinconia, dolore dell'assenza. Tornò a São Paulo, dove fu inghiottita da chissà cosa. La cercammo per ospedali e cimiteri, ma di lei non so più nulla.

Qohélet

Mai nella vita avrei pensato di fare l'attore. Un pomeriggio venne da me l'attrice Carla Peirolero, rattristata per alcune vicende personali. Le consigliai di leggere il *Qohélet*, nella traduzione del mio caro amico Guido Ceronetti, sperando che in esso potesse trovare risposte alle sue domande. Il testo è fortemente poetico, risale al III secolo a.C. ed è scritto da un anonimo. È un intrico di luce e tenebre dove la parola si fa umana, scabra, carnale, passando finalmente dal trascendente all'immanente. Tiene conto dell'uomo, vive di domande sul bene e sul male e non cade nella trappola dell'etica.

Qualche mese più tardi Carla tornò a trovarmi, rinata, con in mano la sceneggiatura dello spettacolo teatrale *Esistenza, soffio che ha fame*, a cui mi chiese di prendere parte. Ero reticente, soprattutto per via delle mie amnesie, ma anche molto entusiasta di intraprendere questo viaggio fra culture e religioni diverse.

Accompagnati da musica etnica abbiamo letto brani dall'Ecclesiaste, il Corano, il Bhagavad-Gita, il Sutra del Loto, Christian Bobin, Teresa d'Avila, Simone Weil, Emily Dickinson. Sono tornato a casa arricchito.

Mai nella vita avrei pensato di essere richiamato a fare l'attore. La regista Cinzia Monteverdi è venuta in Comunità per chiedermi di mettere in scena *Angelicamente anarchico*, ovvero quarant'anni della mia storia di strada. La prima teatrale si è tenuta a Parma, davanti a centinaia di persone. In questo caso non temevo i buchi di memoria perché dovevo parlare di me e degli incontri in cui sono fortunatamente inciampato. Piuttosto temevo le mie digressioni, le tangenti che, improvvisando, mi portano lontano e fanno smarrire il pubblico. Rimasi esterrefatto quando, dopo oltre due ore di racconti, mi accorsi che nemmeno una persona si era alzata dalla sedia.

Con me sul palco sono saliti Viviana e Riccardo, due ragazzi della Comunità che hanno raccontato le loro esperienze, e insieme hanno scritto un dialogo sulla paura, un sentimento che da noi è molto presente. Si chiedono: «Hai più paura della notte o del giorno? Di vivere o di morire? Hai paura di avere paura oppure hai paura di non averla, quella paura che ti salva?».

La paura non si può rimuovere, la paura interpella; è una moneta a due facce, se si riesce a capovolgerla, scopre il coraggio. Questi ragazzi che ripartono hanno davvero coraggio. Dice bene De André nel *Cantico dei drogati*: "Come potrò dire a mia madre che ho paura? Tu che m'ascolti insegnami un alfabeto che sia differente da quello della mia vigliaccheria".

Non la roba, ma la fine della relazione con i genitori e la pesantezza del marchio che si portano addosso sono ciò che rende spacciati gli eroinomani.

I bus atei

L'Unione degli atei e degli agnostici razionalisti ha coniato la frase: "La cattiva notizia è che Dio non esiste. Quella buona è che non ne hai bisogno", e l'ha mandata in giro per Genova scritta su due autobus. Io ci sarei salito senza problemi. L'iniziativa è interessante, stimola altri a meditare, a riflettere e a rispondere senza offese o insulti. Non la prenderei come una crociata di cattiveria, di malizie, o di desiderio di persecuzione della Chiesa, o addirittura verso il presidente della CEI, ma come una forma di creatività. Non mi scandalizzo certo per una frase. Quel che conta è la reazione a detta frase, che per me consiste nell'ascolto e nel dialogo. Se è un male lo scetticismo assoluto, lo è anche il dogmatismo che impedisce la ricerca.

I padri ispiratori

Una volta il cardinal Tettamanzi mi chiese: «Hai memoria di qualche professore della tua università?».

«Ricordo bene una insegnante eccezionale.»

Strabuzzò gli occhi: «Se hai studiato dai Salesiani come poteva essere una donna?».

«Con tutto il rispetto per i codici e i teologi, Eminenza, chi mi ha trasmesso il messaggio evangelico è mia madre, che aveva la terza elementare.»

A novantasei anni mia madre venne all'inaugurazione della nostra cascina di Visone. Si alzò per salutare il vescovo presente e lui le disse: «Signora ha visto che bella Comunità ha messo in piedi suo figlio?».

E lei, lusingata, rispose: «Eccellenza non è mio figlio, è figlio di don Bosco questo».

A parte mia madre e don Bosco, mi hanno ispirato don Milani e la sua dedizione totale agli emarginati, il teologo Dietrich Bonhoeffer e il suo motto, PREGARE E FARE CIÒ CHE È GIUSTO FRA GLI UOMINI, il Concilio Vaticano II, il pedagogista brasiliano Paulo Freire, e soprattutto la Teologia della liberazione, quella riflessione nata in America Latina che guarda all'emancipazione degli ultimi e critica il capitalismo. La fede ha anche una dimensione sociale e politica. Quando la situazione di ingiustizia e miseria contraddice il disegno divino non possiamo non prodigarci per una trasformazione. La Teologia della liberazione non è una teoria, un esercizio accademico, ma nasce dall'esperienza di fede dei poveri che cercano il proprio affrancamento dall'oppressione. Come i teologi Frei Betto e Giulio Girardi, io non credo che il rinnovamento della Chiesa venga dall'alto, credo che lo Spirito Santo lavori dal basso. Betto sostiene sempre: «Voi in Italia siete molto vicini al papa, mentre noi in America Latina siamo molto vicini a Dio».

Barzelletta

Un giorno Dio decide di trascorrere una vacanza sulla terra e chiede a Gesù Cristo, che ha molto viaggiato, quali siano i posti più belli da visitare: «Figlio, com'è l'Africa?».

«Un continente meraviglioso.»

«Che ne dici dei Caraibi?»

«Somigliano al Paradiso.»

«E il Vaticano?»

«Non lo so, non ci sono mai stato.»

Alberto Sordi

Per la celebrazione del ventesimo anniversario del pontificato di papa Wojtyla fui invitato in RAI. Mi chiesero in diretta di parlare del suo operato e dissi: «È il mio pastore, il successore di Pietro, e i suoi molti meriti sono noti, ma vorrei rivolgergli una domanda: "Santità come mai lei, vescovo di Roma, presidente della carità universale, ha ucciso i miei maestri della Teologia della liberazione?"».

La questione suscitò sgomento in studio. Uscendo incrociai Alberto Sordi.

Mi venne incontro, e lo salutai: «Maestro, ti ho visto tante volte al cinematografo, finalmente posso toccare l'Alberto!».

Lui mi fissò, mi sorrise, mi accarezzò la guancia e disse: «Caro». Fu il riconoscimento per quello che avevo avuto il coraggio di dire. Mi commuovo tuttora a pensare al suo gesto.

Io e il Cavaliere

Non ricordo quale trasmissione fosse. Si parlava di criminalità e io esprimevo il mio favore per i metodi preventivi e non repressivi. Avevo citato il mio insegnante don Bosco che diceva "chi vuol farsi obbedire deve prima riuscire a farsi amare". Berlusconi alla fine della puntata mi salutò così: «Sa, don Gallo, anch'io sono stato allievo dei Salesiani di don Bosco».

Lo guardai severamente e risposi: «Cavaliere, stiamo attenti che don Bosco non si rivolti nella tomba!».

I cristiani moderati

Io non mi preoccupo delle altre confessioni religiose o degli atei, ma di quelli che si definiscono credenti e non agiscono come tali. In Italia si sta avallando ogni nefandezza: genocidi, bombardamenti, xenofobia, razzismo, attentati alla Costituzione, persecuzioni ed espulsioni di massa. Da che parte sta il cristiano? Perché non si fa sentire? Di fronte alle ingiustizie il silenzio diventa una forma di complicità. Ricordiamo che uomini si nasce ma cristiani si diventa, operando quotidianamente delle scelte. Prendiamo esempio dalla nostra Chiesa più sana: sant'Ambrogio proibì l'ingresso in chiesa all'imperatore Teodosio che aveva ordinato la strage di Tessalonica in cui settemila persone erano state massacrate. Non si piegò al potere e manifestò la sua disapprovazione, pur concedendo la possibilità della riconciliazione. Per questo non mi sentii di andare al funerale di papa Giovanni Paolo II, dove si riunirono duecento capi di Stato: non volevo condividerlo con gli assassini.

La Chiesa oggi opera nell'ambito di una solidarietà assistenziale, corre in soccorso dei bisognosi e tampona gli effetti della povertà, ma non si occupa di denunciarne le cause, non lotta abbastanza per il riconoscimento dei diritti delle minoranze. I politici banchettano amorevolmente con gli assassini senza che si alzi una sola voce di dissenso. Quando incontro esponenti politici che si definiscono cattolici chiedo sempre: «Perché non difendete coi denti le vostre posizioni? Perché non vi schierate animosamente con gli oppressi?».

«Noi siamo cristiani moderati» si giustificano.

E io rispondo: «Cristo era tanto moderato che si fece mettere in croce per le sue idee!».

Dimmi con chi vai

Quando il sindaco di Bologna ordinò lo sgombero degli insediamenti rom gli dissi: «Caro Cofferati, le tue delibere non fanno una grinza, peccato che vadano contro la definizione di persona». In qualità di primo cittadino il suo compito è intrecciare le relazioni, stimolare, conoscere le situazioni individuali, le difficoltà, la disponibilità a convivere. È il potere a determinare la legalità, il segreto risiede quindi nelle delibere dei sindaci. Esiste infatti l'*epi-*

cheia, una concezione giuridica secondo cui il legislatore intelligente, agendo per il bene comune, può aggiungere un comma, fare un'eccezione per una questione particolare, cedere su una legge troppo severa che tiene conto dei numeri e non delle singole identità. La politica è sana nella misura in cui tiene conto della persona umana. Per quanto mi riguarda non credo nel detto: "Dimmi con chi vai e ti dirò chi sei", ma piuttosto in "Dimmi chi escludi e ti dirò chi sei".

Tilìn

Attilia ha il cognome genovese. Abbiamo trovato il suo certificato di nascita ma non siamo riusciti a rintracciare un solo parente. È da sempre completamente sola. Non è mai stata violenta con le persone; era una bambina irrequieta, scaricata prima in riformatorio, poi in ospedale psichiatrico, sottoposta a diversi elettrochoc, abituata a essere sballottata su e giù alla stregua di un pacco. Oggi è una anziana signora, autonoma. Prende l'autobus, trascorre la giornata da noi a San Benedetto, non fa che dare baci a tutti, anche durante la messa. Anna Maria era una ragazza bellissima, esuberante, a ogni ribellione veniva legata al letto in clinica. Si buttò giù dal campanile della canonica, per fortuna si salvò. A un certo punto della mia vita non sono più riuscito a sopportare il peso di queste storie. Crollai, infinitamente stanco, in una profonda crisi depressiva. Non ero in grado di andare a letto e di addormentarmi: restavo tutta la notte alla scrivania, con gli occhi fissi nel vuoto, mentre i ragazzi facevano a turno per tenermi sotto controllo. Ne uscii dopo tre mesi, ma rischio di diventare matto ogni giorno; non per le atrocità a cui assisto, piuttosto per l'indifferenza che vedo diffondersi e crescere nelle nostre città. L'indifferenza è l'ottavo vizio capitale. Fortuna che ho molti amici psichiatri.

I matti

Tilìn adora Simone Cristicchi, il cantautore che ha portato all'attenzione del grande pubblico il problema dei centri di igiene mentale e che ha messo all'asta il suo pettine (simbolo dei ricci che sfuggono all'ordine) per devolvere a noi il ricavato. Ha ricordato l'opera rivoluzionaria di Franco Basaglia, prima della quale tutto era legale: luoghi di contenimento fisico dove si applicava ogni metodo coercitivo, pesanti terapie farmacologiche e invasive, elettrochoc. I manicomi più capienti ospitavano la sezione minori all'interno, la cui descrizione fa accapponare la pelle. I pazienti venivano freddamente catalogati e privati della loro dignità, allevati all'abitudine di una morte lenta. Eppure la scienza condivideva tali pratiche. Con la legge 180 del 1978 tutto cambiò. Franco cominciò a proporre di aprire le porte dei manicomi e gli italiani si spaventarono. Ma quali erano le richieste dei pazienti? Cibo migliore, rapporti umani, riconoscimento dei diritti fondamentali. Quando Basaglia venne alla

Fiera del Mare cedette il microfono a tutti i presenti, e ci fu una gara a parlare. Quel dibattito diventò l'incontro gioioso e liberatorio di chi non aveva voce. Entrare in contatto con i matti è stato per me un motivo di festa. Ho di nuovo ucciso il pregiudizio nei confronti del diverso, che non equivale affatto a una persona pericolosa o violenta, e da allora coi matti ho un certo feeling. Se vado in giro, anche senza il collare da prete, puoi giurarci che qualcuno di loro mi aggancia.

Chi è pazzo?

L'associazione "Matti per la vela" mi invitò in gita in barca, il capo psichiatra convinse dieci velieri a uscire e mi fece montare sul *Moro di Venezia*. Il mare era grosso, ma i ragazzi vollero partire lo stesso. Indossai delle brache sopra i miei pantaloni, un'incerata gialla e mi sistemai dietro l'albero. Resistetti due ore, con i pantaloni zuppi che pesavano sette chili, ma sbarcai sano e salvo. Collocare la riabilitazione nei luoghi di vita e di relazione degli utenti, contribuisce alla riparazione della frattura nella esperienza della loro malattia mentale. Fra quelle onde ho visto visi felici.

A pensarci bene il mio primo incontro con una persona mentalmente disturbata avvenne da giovanissimo. Si trattava di un compagno di collegio di nome Francesco che era in cura e aveva spesso delle crisi. Lo avevano messo in camera con me e, prima degli esercizi spirituali, ogni giorno dovevo dargli la medicina prevista dalla terapia. Al quarto anno di corso lo trasferirono nella stanza accanto. Nel frattempo io ero diventato consigliere-vicepreside e solevo rientrare tardi, ogni sera lo trovavo a dormire nel mio letto, lo prendevo di peso e lo portavo nel suo. A Natale il collegio si svuotò perché i miei compagni trascorrevano le feste a casa, e mentre attraversavo il silenzioso corridoio vidi pendere una corda dalla tromba delle scale. Francesco aveva la mania dell'alpinismo e si era appeso lì. Lo aiutai a scendere. Tutte le mattine andava a piedi da Quarto a Montefasci con cinquanta chili di patate nello zaino. Alla fine è guarito, lasciando il collegio e prendendo il brevetto da paracadutista.

La follia è una condizione umana, è presente in noi come lo è la ragione. Chi è pazzo e chi non lo è? Il pazzo è un malato fisico o afflitto nello spirito?

Spesso il pensiero e la sensibilità hanno in cima la follia. Spesso il matto è un saggio e un sognatore, uno che vive i suoi assoluti. È un fuorilegge che agisce in contrasto con la classe sociale a cui appartiene, che soffre della discordanza fra la vita logica e la vita affettiva, fra l'interno e l'esterno. Ancora più spesso è una persona delusa e sola. Cos'è la ragione? Spesso è una pazzia condivisa, come nel caso della guerra.

La poetessa Alda Merini è l'emblema delle risorse che un pazzo può offrire se gliene viene data occasione. Disse: «Io sono un dono di Franco Basaglia».

Quanto sta accadendo a Coccaglio, paese in provincia di Brescia, è estraneo ai valori democratici della nostra repubblica e ancor di più a quelli del Vangelo. È una caccia porta a porta agli immigrati per i quali è in scadenza il permesso di soggiorno, persone che in Italia lavorano e hanno famiglia. La crisi economica si abbatte anche su di loro e il fatto che perdano l'occupazione, come gli italiani, non può essere motivo per mandarli via o per equipararli a criminali. La misura di quanto arroganti, impietosi, anticristiani siano i nuovi sceriffi leghisti, la dà il nome stesso che hanno scelto per l'operazione: White Christmas. Un bel regalo, in piena sintonia con lo spirito natalizio.

È l'ipocrisia di un governo e di gran parte della società italiana che lega tutti i migranti nel fascio degli invasori e poi fa eccezioni di comodo, come per le badanti, clandestine sì ma insostituibili, o come nel caso degli operai, schiavi di imprese, malpagati in nero e privi di diritti. Quanta ne conosco di questa brava gente fuggita da zone di guerra e miseria, che fa sacrifici disumani per sopravvivere e si attiene alle nostre regole, eppure vive nel timore dell'espulsione.

Prima di demonizzare chi non ha il permesso di soggiorno, consiglio a tutti di andare a vedere cosa bisogna fare per ottenerlo, solo allora capirete perché si rimane clandestini. È chiaro che l'accoglienza è difficoltà, un simile obiettivo è fatica, non bastano i cuori buoni. Diceva Paolo VI: "Il cristianesimo non è facile, ma è felice".

Un pensiero

> Prima di tutto vennero a prendere gli zingari
> e fui contento, perché rubacchiavano.
> Poi vennero a prendere gli ebrei
> e stetti zitto, perché mi stavano antipatici.
> Poi vennero a prendere gli omosessuali,
> e fui sollevato, perché mi erano fastidiosi.
> Poi vennero a prendere i comunisti,
> e io non dissi niente, perché non ero comunista.
> Un giorno vennero a prendere me,
> e non c'era rimasto nessuno a protestare.
>
> *Bertolt Brecht* – Berlino, 1932

AIDS

Inizialmente non capivamo cosa fosse e come colpisse. I miei ragazzi delle cascine cominciarono a sparire a uno a uno, succhiati via senza scampo. Non facevo che celebrare funerali. Sul muro di Frascaro iniziammo a scrivere i loro nomi, poi non ci fu più un mattone libero. La prima ragazza che se ne andò si chiamava Alessandra, iscritta alla facoltà di Sociologia di Urbino. La sua lunga degenza e la sua scomparsa ci sconvolse, ci tolse la parola per mesi. Quando la malattia divenne pandemia dovemmo fare i conti con il modo in cui la società reagiva. I sani venivano difesi attraverso l'isolamento dei malati; la disinformazione sulle vie di contagio conduceva a una totale emarginazione dei sieropositivi, anche da parte delle loro stesse famiglie; ai malati terminali non veniva mostrata alcuna solidarietà in quanto meritavano di pagare per i propri errori. L'AIDS era considerato la mano che giudicava i peccatori. Quando ci fu la prima conferenza sulla malattia chiesi ai miei superiori, che quasi si misero a ridere, di poter partecipare. Io ci andai comunque, perché sentivo l'urgenza di documentarmi e ascoltai gli interventi dei due scopritori del virus HIV responsabile della malattia, Luc Montagnier e Robert Gallo, poi, visto il cognome, cercai di spacciarmi per un parente lontano per ottenere informazioni più precise: non ci riuscii.

La risposta della nostra Comunità fu di porre la persona al centro con la sua soggettività, come risorsa e sempre come protagonista. Optammo per la condivisione che aiuta a vivere il presente e a progettare, per quanto possibile, il futuro; creammo il gruppo Affetti e Infetti per uno spazio di riflessione e relazione in cui si affrontava nella sua totalità l'esperienza della vita e della morte. Con il sostegno terapeutico e domiciliare dei servizi pubblici abbiamo continuato l'itinerario di sofferenza e dolore, permettendo ai malati di avere accanto i loro parenti giorno e notte fino alla fine. Nico e Nunzia chiesero di morire in Comunità e di avere non la visita ma la presenza stabile dei loro cari. Nunzia si truccava continuamente per timore che la riportassero in ospedale, Nico ebbe accanto i suoi figli fino alla fine. In un periodo di tale terrore, la presenza dei bambini tra noi fu un raggio di sole.

Sono passati venticinque anni e l'AIDS miete ancora milioni di vittime. I farmaci ci sono ma costano troppo e le compagnie farmaceutiche subordinano la vita umana ai profitti.

Se invece di attenermi alle regole fossi rimasto nelle bettole a giocare a carte, allungando tra una mano e l'altra siringhe e preservativi, sapete quanti ne avrei salvati?

La censura

Molti mi definiscono un prete scomodo. C'è una buona predisposizione all'ascolto quando parlo, ma anche molto ostracismo. Non capisco perché. Io non sono un sobillatore né un sovvertitore dell'ordine ecclesiastico, sono solo il portavoce dei tanti che non contano, e considerarmi un potenziale pericolo equivale a sopravvalutare le mie doti.

Fui chiamato al Premio "Gente di strada" per onorare gli educatori israeliani e palestinesi di Salam Shalom. Mi accolse ridendo l'organizzatrice Marina Piperno. Domandai: «Cosa c'è di buffo?».

«"L'Avvenire" mi ha detto che pubblicherà un articolo sull'evento ma che non può mettere il tuo nome.» Non ci volevo credere.

In seguito, per festeggiare i quindici anni della Fraternità di Romena, don Luigi Verdi organizzò tre giorni di incontri e chiamò come ospiti: il venerdì Rita Borsellino, il sabato il vescovo di Locri e don Ciotti, la domenica me. Lessi il programma riportato sull'"Avvenire": venerdì Rita Borsellino, sabato il vescovo di Locri e don Ciotti, domenica la Santa Messa.

A volte rido, altre volte piango.

Filopalestinese

Celebrai il matrimonio di una nostra collaboratrice in un'incantevole chiesa delle Cinque Terre. Con me furono invitati molti dei ragazzi della Comunità, persone che guardano all'essenza e non alla forma. Indossavo una kefiah araba, ricevuta in dono da amici, e passeggiavo in attesa della sposa, quando nel viale d'ingresso fui circondato da un gruppetto di curiosi locali, non invitati alla cerimonia. Mi attaccarono subito: «Ma Padre, lei da cattolico dovrebbe essere equo. Indossa un simbolo palestinese e gli israeliani dove li mettiamo?».

Risposi: «Io da cattolico sto dalla parte degli ultimi. Essere filopalestinese non significa affatto essere antisraeliano» e andai a dire messa con la mia kefiah indosso. Quelle stesse persone mi salutarono con diffidenza, si misero sedute sul muretto esterno e, da cattoliche osservanti quali si vantavano di essere, giudicarono i vestiti degli invitati, concedendo ammirazione a chi indossava abiti sfarzosi e smorfie ai miei ragazzi abbigliati comunque in modo sobrio.

Alla notizia della morte di Paride Batini, leader storico dei camalli del porto di Genova, ho pianto molto. Amico di una vita, era anche il console della Compagnia Unica, eletto nove volte democraticamente; un uomo di trincea fino all'ultimo, che mi ha trasmesso l'ottimismo storico nella giustizia sociale, ha portato avanti lotte dure per tutelare la dignità del suo lavoro, ha intrapreso testa a testa con armatori e potenti, cercando nelle situazioni più cruciali di portare a casa una buona soluzione per gli operai. Era un sacerdote laico e il suo tempio era il porto. Aveva la quinta elementare ma era un intellettuale vero perché il suo sapere non era a servizio del potere. Era un compagno, nel senso pieno che lui dava al termine: "Chiamare qualcuno compagno significa attribuirgli non solo una convinzione politica ma riconoscergli un valore di umanità, onestà, generosità, attendibilità, che nessun'altra parola può esprimere con uguale compiutezza". Al suo funerale si sono presentate oltre mille persone: camalli vecchi e nuovi che hanno firmato i messaggi col numero di matricola, lavoratori, terminalisti, sindacalisti, politici, semplici cittadini, tutti i rappresentanti del mondo portuale di Genova. Mi era stato chiesto di dare la benedizione, ma quando sono entrato in chiesa mi fu detto: «È arrivato il monsignore della curia. Se lo vuoi far intervenire bene, altrimenti a noi non interessa. Vogliamo che parli solo tu». Ho fatto l'omelia e salutato Paride con un "Arrivederci bandiera rossa", temendo però che ciò potesse infastidire in qualche modo la moglie. Ma poi vidi la signora Rosa con il pugno alzato.

Ci sono uomini che quando se ne vanno ci fanno sentire orfani.

L'illegalità è rivoluzionaria

L'impennata securitaria è rivolta contro tutti i diversi, dai precari ai migranti, dai vecchi ai disoccupati, dalla scuola alla famiglia in difficoltà pesanti; verso tutti coloro che, da un momento all'altro, possono rivelarsi un "problema". Si comincia sempre col colpire le figure meno protette ma il messaggio "tolleranza zero" è diretto alla moltitudine.

Il teorema vigente e perverso è disciplinare e punire, legge e ordine, bloccare qualunque situazione che si percepisce fuori controllo. È difficile rendersi conto che tutti i mezzi di repressione e di controllo stanno diventando la norma? Stiamo assistendo a un progressivo espandersi del controllo sociale attraverso il diritto penale e amministrativo, un progetto che vuole indicare la normalità: tu devi uscire, essere utile, produttivo, qui non si può fare questo, là quell'altro. Divieti, restrizioni. Ma dove c'è coercizione nasce la ribellione, quando tutto diventa illegale l'illegalità è rivoluzionaria.

Il tango della ronda

Con tutto il rispetto per le Forze armate, i militari nelle strade a me sembrano una barzelletta.

Per sua natura la città è sempre in crescita, non è il giardino dell'Eden. Ci sono ostacoli, difficoltà, contraddizioni, criminalità, ma quando si opta per un cammino di intolleranza, per la chiusura, per la repressione, la sicurezza diventa un boomerang che ricade su quelli che si difendono. Per una città più sicura, servono innanzitutto politiche di contrasto alla povertà perché, a mio avviso, la più grave illegalità è la miseria dilagante. L'invio dei militari ha certamente un costo elevato. Il ministro della Difesa potrebbe evolvere la spesa alle associazioni, alle parrocchie, cooperative presenti sul territorio, a tutto il terzo settore. È compito di noi tutti organizzarci in comitati "per" e non sempre "contro". Se per paura svuotiamo i vicoli lasciamo tutto in mano ai pericoli, per le strade meno siamo peggio stiamo. Ecco cos'è la sicurezza: la gente che occupa le sue piazze e si incontra.

In Comunità lottiamo anche con l'arma dell'ironia, quindi abbiamo sposato l'iniziativa di Carlo Besana che ha adattato il *Tango delle capinere* facendone il *Tango della ronda*.

Lassù nel Nord Italia
Dove lavoran tutti quanti
Se vedon gli stranieri
Pensano subito ai briganti
Hanno la pelle scura
Vestiti un po' così
La loro vita è dura
Perché in ogni dì
A mezzanotte va

La ronda della Lega
Ma alla Comunità
Gli frega assai 'na sega
Con quella presunzion
Di utilità sociale
M'han rotto già i cojon
Mi girano le bale!!!
Il rondarolo fiero
Scende tra i vicoli la sera
Lo sguardo nobile ed altero
Vorrebbe una camicia nera
Quel fior di filibusta
Ha una sua idea di libertà
Ma non la conta giusta:
Agli altri vuol sottrarla già.

Il testamento biologico

I tempi sono cattivi, o almeno mutevoli e aspri. Il volto della Chiesa è tornato arcigno. Il cardinale Walter Kasper ha detto che dopo la stagione conciliare la Chiesa ha ripreso ad aver paura del proprio coraggio. Abbiamo bisogno di essere in tanti a pensare e a credere, a immaginare il futuro e ad affrontarlo con gioia e coraggio, senza presunzione di conquista ma anche senza timidezze. Un dialogo aperto e franco, nella Carità, è la strada giusta.

Si vuole una legge sul testamento biologico che nega i principi di libertà e dignità della Persona stabiliti dalla nostra Costituzione. Siamo davanti a una feroce truffa.

Mi domando se tra cento anni i principi bioetici,

affermati oggi con granitica sicurezza dalla Chiesa – sostenuta dal centrodestra e da zelanti parlamentari cattolici di PD, UDC –, saranno i medesimi, o se invece finiranno per essere rivisti, come lo sono stati i principi della morale "sociale", prima condannati per secoli, che "ora" la Chiesa stessa riconosce: libertà di stampa, libertà di coscienza, libertà religiosa e in genere i diritti delle democrazie liberali.

I cattolici intransigenti che oggi parlano della libertà di autodeterminazione definendola "relativismo cristiano", dovrebbero estendere l'accusa al Concilio Vaticano II che afferma: "L'Uomo può volgersi al bene soltanto nella libertà" (*Gaudium et spes*, 17).

Dalla libertà che decide non è possibile esimersi, e questo non è relativismo, ma il cuore del giudizio morale.

Da cittadino ottantenne, cristiano, prete, coordinatore di Comunità degli ultimi, dei perdenti, dei sofferenti, non mi sento di cantar vittoria col ministro Sacconi, al grido: "D'ora in poi non sarà possibile un altro caso Englaro".

Vorrei citare a questo proposito, il parroco di Paluzza al funerale di Eluana: "Chi sono io per giudicare?".

I cristiani non chiedano ai non credenti quello che essi stessi non possono dare: non chiedano atti di Fede, trasformati in legge. Non chiedano di accogliere convinzioni dogmatiche nella politica, ma sappiano presentare il loro messaggio in modo tale che anche i non credenti possano condividerli.

Che significato abbiano, in questo quadro interpretativo, le vite ridotte a pura biologia, è una interrogazione irrinunciabile.

Chi può dire, dalla Gerarchia ecclesiastica al parlamento, alla scienza, di avere le uniche risposte convincenti e ultimative?

Che cosa c'entra con il messaggio biblico, evangelico l'imposizione a tutti, con legge dello Stato, di una scelta che è invece una questione puramente individuale? La fine della vita rientra in un rapporto personale fra il protagonista e suo Padre, che sia di tipo religioso o spirituale o che riguardi la sua coscienza; un rapporto che non danneggia nessuno e che non coinvolge altri all'infuori di lui.

Il Dio che mi hanno insegnato e in cui ho imparato a credere, il Dio che nutre la mia difficile, ma amata speranza cristiana, sicuramente non è un Dio che sa dire soltanto no alla libertà, alla coscienza, a ogni forma d'autonomia personale. Non è un Dio che fa del dono gratuito della vita una clava e un carcere.

Mia mamma è morta di eutanasia

Nel dicembre 1994 mia madre cominciò a stare male, ma si rifiutò di andare in ospedale. Dopo una settimana convocò me e mio fratello e annunciò: «Ho deciso di partire».

«E dove vai?» le chiesi.

«In Paradiso.»

Lei che si alzava presto la mattina, a tre giorni dal Natale si infilò nel letto e, a proposito di alimentazione forzata, scelse di bere solo poche lacrime di caffè. Teneva gli occhi chiusi, in attesa di andarsene, li apriva quando aveva sete.

«Cosa ti diamo acqua o moscato?» la stuzzicavo io.

«Moscato» rispondeva lei lucida.

A un certo punto ha salutato tutta la Comunità, nome per nome, e si è spenta come un cero.

La legge sul testamento biologico non autorizzerebbe a staccare le spine ma a rispettare la volontà del paziente.

Rinunciare all'accanimento terapeutico non significa provocare la morte, ma accettare di non poterla impedire.

Non si può ledere la dignità della persona. Il primato della coscienza è dottrina certa per la Chiesa; dobbiamo cercare una via insieme, con la gente, con la scienza, perché non si può chiedere convinzione dogmatica a tutti. La democrazia non ha bisogno del clero religioso, ma dei principi di giustizia e rispetto per i diritti dell'uomo. Per questo la prima cosa che feci al dibattito sul testamento biologico a San Pellegrino Terme, nella Val Brembana, fu di dare un bacio a Peppino Englaro e di chiedergli perdono per tutto ciò che gli era stato fatto.

La lista nera

Insieme ad altri quaranta sacerdoti nell'estate 2009 ho firmato un appello "per la libertà sul fine-vita" promosso dalla rivista "MicroMega", dopo la morte di Eluana Englaro e durante la discussione al Senato del disegno di legge sul testamento biologico. Noi firmatari non desideriamo che una legge dello Stato sia fatta su misura per i cittadini cattolici. La morte è un appuntamento naturale. La decisione di porre fine a una parvenza di esistenza è di pertinenza esclusiva della persona interessata, che ha il diritto di esprimersi in un testamento, o di affidarsi alla famiglia di concerto con il medico che agiscono in scienza e coscienza. L'intervento legislativo mortifica la libertà di coscienza. In risposta a questa presa di posizione è partita dalla Congregazione per la dottrina della Fede una lettera indirizzata ai vescovi diocesani e ai superiori che ordinava di convocare noi quarantuno preti "ribelli" per richiamarci all'ordine ed eventualmente punirci. A ottantuno anni mi ritrovo ancora su una lista nera. Non mi riconosco chissà quali qualità, ma almeno sembra che io sia una persona coerente.

La storia siamo noi

La bilancia della giustizia ha usato due pesi e due misure nei processi genovesi per il G8 del 2001: secoli di condanna per i manifestanti, impunità per le forze dell'ordine. Così vengono liquidate le atroci torture avvenute all'interno della caserma di Bolzaneto e la mattanza alla scuola Diaz, con le intoccabili divise che non solo non hanno pagato, ma sono state promosse di grado.

La commissione d'inchiesta sui fatti di Genova, che in un Paese civile sarebbe stata d'obbligo per fare luce su una delle pagine più nere della nostra storia, non è stata aperta. Be', allora io dico a chi crede di averla fatta franca: non serve alcuna commissione. Quella commissione siamo noi, i trecentomila testimoni oculari di ciò che accadde in quei terribili giorni e i centomila che, custodendo con dolore la memoria dei fatti, sono di nuovo scesi in piazza nel 2007 per contestare le inique richieste dei PM per i venticinque manifestanti imputati. *Anche se voi vi credete assolti, siete per sempre coinvolti.*

Il mio Sessantotto

Ricordi vivi e impressioni scolpite nel cuore, propositi, sicurezze e incertezze, sogni... mai illusioni. Chi vuole affrontare onestamente il Sessantotto, analisi dopo analisi vedrà emergere autenticità, unicità, novità senza esaltazioni arbitrarie e incomprensioni malevole. Le idee, le istanze, i valori di libertà, di solidarietà, di responsabilità, di democrazia partecipata che ho visto nascere all'inizio di questo terzo millennio si sono sprigionati nel Sessantotto. Si è fatto di tutto per metterci una pietra sopra. Il macigno non è risultato inamovibile.

Il Sessantotto è stato l'apertura alle possibilità a venire. Si voleva evitare di trattenersi nella prigione del presente, che, senza prospettive, si risolveva nella malinconica memoria di un passato immodificabile. Era finita l'epoca dell'impossibilità di darsi un futuro. Ero un prete quarantenne allora. L'età del "matusa", ma per raro privilegio accolto nell'università, nelle assemblee, nei cortei, nelle prime "comuni", nelle fabbriche in fermento. Ho visto fiorire originali intuizioni confrontarsi con l'alba di una nuova società.

A ottant'anni sono convinto d'aver assistito al più straordinario movimento giovanile della Storia. L'entusiasmo spontaneo e il gusto per il corteo, la musica, le occupazioni, il sacco a pelo, i controcorsi, lo stare insieme, con tutti i limiti e le difficoltà. Nel 2007 si son messi in luce per le loro interpretazioni della rivoluzione sessantottina il presidente Sarkozy e il ministro Amato.

Si continua a screditare... I pregiudizi son duri a morire: "Sessantotto uguale violenza".

È vero esattamente il contrario! Si arriva addirittura ad accreditare l'equazione: "Sessantotto, padre del terrorismo".

C'è una semplice verità: mai, nel biennio '68-69, i movimenti si sono organizzati per uccidere qualcuno, mentre sono state numerose le vittime tra le loro file. Come "sessantottino" mi sento onorato di essere offeso da tanti politicanti di una mediocre classe politica, incapace di una rivisitazione obiettiva.

Mi piace ricordare le parole che scrisse il mio amico padre Balducci appunto nel '68: "Sul piano culturale è avvenuto qualcosa di definitivo, è avvenuto il denudamento delle Istituzioni in quanto funzioni del Potere. È da allora che il Potere va in giro nudo".

Quel fermento induceva a dare il meglio di se stessi; ci si prendeva sul serio. Non si sceglievano facili scorciatoie. Tutto ciò generava ed estendeva un contagio positivo, il rapporto fra i movimenti si saldava.

Lo spirito di quegli anni non ci ha abbandonato. È il nostro "detonatore" per continuare a camminare con forza repubblicana, democratica, laica, antifascista. Siamo perdenti-non sconfitti, ma assolutamente non siamo "reduci".

Niente balaustre

Conosco tanti preti più virtuosi di me. C'è però un solco che li divide dal popolo. Durante le celebrazioni non accetto di vedere i presbiteri e il vescovo divisi dalla gente per la presenza di una balaustra.

Uno solo deve presiedere, per il resto non ci sono caste sacre. Gesù è l'unico mediatore. Perciò durante la mia messa i presenti salgono con le sedie sull'altare, si mettono in circolo, possono intervenire, fare domande se hanno dubbi sulle letture o se desiderano discutere qualche tema di attualità. Se i ragazzi vogliono, ci accompagnano anche con un pezzo di Jimi Hendrix.

L'obbedienza non è una virtù

Io, che suscito tanto scandalo per le mie scelte, amo la mia Chiesa, le sue disposizioni, il diritto canonico. Ho chiaro il concetto di disciplina, insegnatomi prima dalla mia famiglia operaia, poi dalla Marina militare.

Quando entrai nei Salesiani ero uno scavezzacollo, però le liturgie non me le perdevo mai. Non immaginate la gioia che provavo e che provo tuttora a confrontarmi con il mio vescovo, ad accettare anche la correzione fraterna, ma a patto di poter dire quello che penso. L'obbedienza per me non è una virtù.

Quando Francesco d'Assisi giunse coi suoi quattro minori al cospetto di Innocenzo III, all'apice del potere spirituale e temporale (non so se morale), il pontefice gli chiese: «Tu vorresti fondare un ordine religioso. Ce le hai le regole?».

E Francesco rispose: «Santità, ce le abbiamo sì: è il Vangelo».

È quella la legge a cui io rispondo.

Osare la speranza

Nel periodo del G8 vennero a trovarmi separatamente i registi Ettore Scola e Mario Monicelli.

Mi rivolsero la stessa domanda: «Gallo, tutte le agenzie educative (mass media, libri, Chiesa, scuola) riusciranno a sradicare dalle nuove e nuovissime generazioni questa sconfortante certezza di non avere alcun futuro?».

Risposi a entrambi: «Maestro, qui fuori abbiamo una bacheca su cui qualcuno aveva scritto: IL MALE GRIDA FORTE. Dopo qualche giorno un'altra mano sotto aveva aggiunto: MA IL BENE GRIDA PIÙ FORTE.»

Il nostro motto in Comunità è la scritta che mio fratello partigiano lasciava in giro ovunque: OSARE LA SPERANZA. Che gioia al mio ottantesimo compleanno vedere i ragazzi del servizio d'ordine che ce l'avevano stampata sulla maglietta rossa!

Porte aperte

Solo chi conosce il problema può risolverlo. Don Bosco diceva: "Camminare col cuore rivolto al cielo ma con gli occhi puntati a terra". E io l'esperienza l'ho fatta sul campo. Dai primi tossici imparai che la droga si chiamava "roba" e che comprare una siringa prima della "roba" portava sfortuna. Appresi l'abbecedario degli eroinomani, il galateo della *fattanza* per potermi comportare con loro come uno che li capisse. Non mi fermai all'ovvietà che il balsamo dei loro tormenti fosse in realtà veleno. Cercai di indagare sulle cause del malessere, che a volte affondano nelle storie personali, altre volte sono esterne, provengono dall'insofferenza per modelli di vita consumistici e individualistici. La dipendenza è un elemento costitutivo del nostro sistema culturale. Le risposte chimiche sono la prima soluzione a cui ricorriamo anche per un semplice mal di testa. Quindi chi è votato all'autodistruzione, chi cerca l'anticipazione della morte, si affida a droghe e sballi nell'illusione di liberarsi dal dolore, e invece sceglie il surrogato che una società disattenta offre per affrancarsi dalle colpe della propria assenza.

Camminando al fianco dei tossici ho incontrato i loro mostri, non solo interiori. Ho visto la speculazione dietro la loro condizione: farmacisti che su una siringa guadagnavano il trecento per cento, il mercato selvaggio di sostanze non controllate. Ho toccato l'indifferenza della gente e dei medici. Quando riuscivamo a convincere qualcuno a disintossicarsi dovevamo stare in lista d'attesa anche per mesi. I ragazzi "in scimmia", in atroce crisi di astinenza, erano lasciati in strada, allo sbaraglio, senza soldi. Come potevano non ricaderci?

Per lungo tempo gli ospedali rifiutarono chi arrivava in overdose e lo status di tossico fu considerato reato. C'era uno spazzino fuori dalla chiesa che appena vedeva un tossico chiamava il 113. Una sera lo azzannai: «Ma cosa chiami il 113? Denunciando togli il tuo problema dalla vista, ma certo non risolvi il suo». Quell'uomo si avvicinò alla Comunità, cominciò a parlare con i ragazzi, ad appassionarsi alle loro storie, e per anni fu loro amico e confidente.

Quella contro la droga è una guerra vera, e non c'è un solo modo per combatterla, perché ognuno ha una storia personale diversa, perciò i percorsi per vincerla devono essere individuali e variare a seconda del caso.

Le prime volte ero allibito dalle manifestazioni di disagio dei ragazzi in Comunità. Ce n'era uno che quando era sotto l'effetto della roba rispondeva attivamente, si metteva a pulire tutto. Quando io rientravo e trovavo la cucina limpida mi sentivo devastato. Una giovanissima invece, quando era in crisi di astinenza, saliva sulla terrazza e suonava le campane. Abbiamo dovuto legarle.

Spesso qualcuno va via sbattendo la porta, ma sa bene che la ritroverà sempre aperta.

La proibizione fa nascere e fiorire un mercato clandestino, capillare e criminale. Occorre spostare risorse, soldi, uomini, intelligenza dall'obiettivo della repressione a quello della tutela della salute, tenere conto in primo luogo dei bisogni del tossicomane e del suo diritto all'autodeterminazione. Non si tratta di eliminare il fenomeno (proposito utopistico sul piano pratico e quantomeno discutibile sul piano etico) ma di "governarlo". È l'assunto da cui parte la nostra proposta di legalizzare tutte le droghe, ossia di darsi nuove regole in materia. Dopo trent'anni di presenza sul territorio, siamo convinti che le droghe non sono vietate perché fanno male, ma fanno male perché sono vietate.

Legalizzare non significa rinunciare alla costante e faticosa pratica della dissuasione e dell'educazione; al contrario le consentirebbe di essere esercitata in forma più incisiva.

La politica argina il problema con la repressione o con le campagne di prevenzione, ma mentre discutiamo intorno ai tavoli, fuori, i ragazzi muoiono. Noi abbiamo cercato di costituire delle Comunità che non siano ghetti, ma luoghi di testimonianza vissuta, dove proponiamo e non imponiamo, educhiamo e non puniamo, accompagniamo all'autodeterminazione. Crediamo nella centralità del servizio pubblico perché esso stimola, coordina, controlla. Abbiamo preso esempio da don Aldo Ellena, un uomo disposto a vivere in prima persona le esperienze sul territorio, che aveva compreso che i ragazzi vanno coinvolti, contaminati, motivati, che non servono operatori sociali ma animatori sociali. Le nostre Comunità ospitano da dieci a venti persone perché è un numero che dà la possibilità di relazionarsi nella comunicazione, e ogni sei mesi ognuna elegge un comitato. Si basano sull'autogestione, che non vuol dire eliminazione delle regole ma rispetto di regole non scritte e precostituite, norme sorrette da motivazioni via via condivise da tutti. Per esempio, uno dei compagni era fragile di fronte all'alcol e gli altri hanno deciso di non mettere vino a tavola. Non era stabilito da nessun regolamento. Il "comportamentismo" dell'accademia è fallito; è fallita la prassi per cui alcuni utenti sono premiati e altri castigati a seconda che rispettino il regolamento o meno. Creare rapporti umani, acquisire coscienza critica e partire dalla responsabilità personale di ciascuno sono le uniche vie percorribili.

Per quanto vada fiero del modo in cui le nostre Comunità funzionano, mi sembrano punti di debolezza più che di forza. Vorrei che fossero meno indispensabili, sogno che spariscano e che sia la Comunità umana a prendersi cura dei ragazzi perché se noi siamo pronti a curarli loro sono pronti a guarirsi.

Non mi beccheranno

Ho studiato molto a scuola, ma ammetto che spesso sono anche riuscito a sfangarla. Ricordo che all'esame di teologia dogmatica il docente scelse una tesi a caso fra duemila, la tredicesima precisamente, e mi chiese di spiegarla. Non la conoscevo e non sapevo da dove cominciare. Iniziai con la quattordicesima che invece ricordavo bene e lui rombò in latino: «Basta! Ho chiesto la tredicesima non la quattordicesima». Mi scusai e risposi determinato: «Avevo capito male, vado con la tredicesima tesi». Lui sentenziò: «Allora vuol dire che la conosci, riprendi pure con la quattordicesima».

Un'altra volta ero il primo a sostenere l'esame di Diritto canonico. Incontrai per i corridoi don Angelo, un assistente, al quale chiesi di spiegarmi un passaggio controverso del programma e lui me lo chiarì. Entrato in aula il titolare di cattedra invitò gli assistenti a rompere il ghiaccio con la prima domanda. Don Angelo, tra i 2224 canoni possibili, mi invitò a riferire esattamente sulla questione che gli avevo posto poco prima. Mi fermai come uno che scorreva le sue conoscenze e inquadrava il nocciolo del discorso, poi ostentai: «Lei si riferisce al canone tal dei tali comma b». La commissione era sconvolta dalla mia preparazione e concluse: «Eh Gallo, siamo in pochi a conoscere il diritto così bene: trenta e lode».

All'esame di morale, uno scoglio insormontabile, mi sedetti e il titolare di cattedra esordì: «Gallo lei è diacono e parte da un diciotto». Mi alzai per andarmene. «Ma dove va?» mi richiamarono gli assistenti. «Diciotto mi sta benissimo» risposi. Il docente mi ordinò di riprendere posto: «Gallo lei capisce che quando passeranno gli anni, per fare carriera, andranno innanzitutto a vedere i voti dell'università teologica». Parlai per mezz'ora della mia eventuale carriera, ossia non carriera perché, dato il mio carattere, già sapevo che non avrei mai avuto alcuna promozione. La sabbia della clessidra terminò e quando andai a leggere sul libretto ci trovai scritto un bel ventotto.

Nessuno può dire che ho scelto la mia strada per convenienza o per carriera. Se dissento lo dico, non per essere contro la mia Chiesa, ma per amore di essa. Fanno scandalo le mie posizioni solo fin quando non ci si rende conto che si attengono al messaggio di Gesù.

Il cardinal Siri lo diceva sempre: «Don Gallo non lo beccheranno mai. Avete presente le alte grondaie dei tetti? Lui cammina lì, senza cadere».

Franchino e Piero

La Comunità ha ospitato ogni tanto orfani di morti sul lavoro. Franchino era appena diciottenne, si era messo in un brutto giro, da cui si salvò imbarcandosi sulle navi. Una sera al night i membri della vecchia banda lo presero di mira, lo accerchiarono tentando di pestarlo: lui si difese ferendone uno. Fu individuato e arrestato. Il giorno dopo arrivò da me il giudice: «Ho interrogato il detenuto e ha confessato di aver nascosto in chiesa il coltello». Venne il maresciallo, trovò l'arma nella nicchia dietro l'altare e stilò il verbale. Siccome era un coltello a serramanico sia il maresciallo sia il giudice passarono mezz'ora nel tentativo di chiuderlo.

Poi il maresciallo spazientito mi chiese: «Non conosce nessuno che sappia farlo?». Piero risolse in una frazione di secondo.

Franchino aveva stretto una forte amicizia con Piero, anche lui arrivato a noi dopo il carcere minorile. Finirono in galera durante il Natale, capitarono per caso in due celle vicine e ci scrissero che così almeno potevano far finta di stare in Comunità.

Gianni

Era un pezzo di ragazzo che aveva trascorso tredici anni in manicomio; nel suo fascicolo era riportato che aveva subito tre elettrochoc all'anno. Lavorava come barista, era bravo a trattare coi clienti, aveva una marcia in più. Per guadagnare più soldi era diventato corriere della droga. Lui non si faceva, puntava solo a essere retribuito per gli incarichi. Lo mandarono a Genova per ritirare un pacco di roba e qui entrò in crisi di coscienza. Probabilmente si sentiva responsabile della morte di coloro che l'avrebbero consumata.

Una sera uscii per andare a cena da amici e me lo trovai davanti, terrorizzato e bagnato come un pulcino. Lo portai con me e con me rimase a lungo. Quando i suoi capi appurarono che non era scappato col malloppo, smisero di perseguitarlo. Riprese a lavorare come barista ma ogni tanto, quando sul giornale leggeva di qualche caso di cronaca nera irrisolto, si fiondava in questura e confessava: «Io conosco gli assassini». Lo tenevano un mese dentro e poi lo rilasciavano perché non era vero. Era più forte di lui, non resisteva alla tentazione di mettersi nei guai e di rivelare cose che non sapeva.

Un giorno venne a interrogarmi un capitano dei carabinieri: «Gallo lei conosce il professor Adamoli?».

«Sì, è mio amico.»

«Sa mica dove si trova ora?»

«Io, in coscienza, non so dove sia. Mi arrivano i suoi saluti. A ogni modo se lo sapessi non glielo direi.»

«Non le consiglio di parlare così. Metterò per iscritto che si rifiuta di dare informazioni» s'infuriò lui.

«Scriva anche che siete voi sbirri a dover cercare i latitanti!»

Il capitano piccato pensò allora di avermi in pugno: «A proposito don, so che lei è in possesso di una rivoltella».

Compresi subito il senso di quella domanda e risposi: «Dica un po', questa informazione non gliel'ha mica data un tale Gianni del manicomio?».

Il capitano diventò rosso dall'imbarazzo. Stavolta qualcosa di vero c'era però. Gianni mi aveva visto con una pistola che mi era stata data durante una confessione ma che io avevo prontamente consegnato a chi di dovere.

Ogni tanto Gianni entrava nel Matitone, un grattacielo molto noto a Genova, e minacciava di buttarsi giù dalla tromba delle scale. Ai pompieri chiedeva di me, io arrivavo col megafono e, dopo mezz'ora con le gambe a penzoloni, ritornava in sé.

A un certo punto Gianni sparì, andò a lavorare in Veneto. Un giorno ricevetti una partecipazione per posta e l'invito a celebrare il suo matrimonio a Trieste, nella Chiesa di San Giusto. Pensai che fosse nuovamente fuori di testa, perché tra l'altro è raro avere il permesso per sposarsi lì.

Partii per Trieste convinto che si trattasse dell'ennesimo attacco di mitomania.

Invece celebrai le sue nozze, e con immensa gioia, trovandomi davanti una persona completamente rigenerata. Non solo, anni dopo andai anche a battezzare sua figlia.

Maurizio e Paolo

Maurizio entrava e usciva dal carcere per piccoli furti. Era ossessionato dai motorini e quando ne vedeva uno in strada assecondava l'impulso irrefrenabile di provarlo. Mica li vendeva, li parcheggiava sotto la canonica senza neppure ricordarsi di averli rubati.

I raptus di Paolo invece lo portavano a svuotarci la cassa. Per tre volte prese i soldi della trattoria e poi tornò da me a chiedere perdono.

«Ladro, ladro, ladro!» lo rimproverai. «Rubare in casa tua, ma come si può? Rubassi ai ricchi ti assolverei, anzi in alcuni casi mi aggregherei alla banda, ma lasciare a secco noi poveracci...»

Paolo si mortificava e mi pregava di non chiamarlo ladro.

«Allora restituisci quello che hai preso» gli intimavo.

«Magari potessi: ho regalato ogni lira.»

Era così, appena il raptus svaniva, lui dava tutto ai primi che incontrava.

Molti mi consigliavano di denunciarlo, altrimenti rischiava di farci finire sul lastrico a forza di sottrarci gli incassi; ma io mai lo avrei mandato in quella discarica che è il carcere. Venne a lavorare con serietà in trattoria finché non saldò il suo debito. E oltre.

Mario e Bomber

Mario era uno sciuscià, lo avevano sbattuto in un riformatorio a Napoli, poi era riuscito a diventare pescatore a Savona. Aveva per passioni i fornelli e i cavalli, ma mentre in cucina era un vincente, al gioco era un assiduo perdente, e di conseguenza finì per rifugiarsi nell'alcol. Stette con noi diverso tempo e mai riuscii a farmi dare del tu da lui. Fu l'unico che mi si rivolse fino alla fine con il lei.

Anche il Bomber aveva problemi di alcol e morì di cirrosi epatica. Una volta lo portai a una conferenza a Senigallia, dopo cena camminavamo verso la trattoria e io venni affiancato da una coppia nel buio. Lui pensò che mi stessero avvicinando dei malintenzionati, e quasi mandò all'ospedale il sindaco e sua moglie. L'affetto e la fiducia che si accorda a questi ragazzi torna sempre indietro raddoppiata.

Un mare in tempesta

Qualche tempo prima che mio fratello morisse, venne a trovarmi nel mio archivio e si mise teneramente a piangere. Pensai che fosse per la paura di affrontare il suo momento e attaccai con una filippica per rassicurarlo. Dino mi interruppe: «Ma cos'hai capito? Ho superato gli ottant'anni e la mia morte è un fatto naturale. È la vita che mi fa piangere. Ricordi quanti compagni sono morti per far nascere la Costituzione? E ora mi tocca andare a votare un referendum per difenderla».

In passato incontrai il cardinale e gli chiesi: «Eminenza mi dia il nulla osta per la nuova preghiera».

«E quale sarebbe?» si accigliò.

«I primi dodici articoli della Costituzione.»

È vero, siamo un mare in tempesta, ma abbiamo la bussola. Usiamola!

Tra i migliori auguri per i miei ottant'anni c'è il telegramma dell'ex guardasigilli Giovanni Maria Flick: «Caro Andrea, buon compleanno. Il tuo grande merito è di essere un cittadino che applica lodevolmente l'articolo 2 e 3 della Costituzione [quelli che riconoscono e garantiscono i diritti inviolabili dell'uomo, assicurano ai cittadini pari dignità sociale e uguaglianza davanti alla legge senza distinzione di sesso, razza, lingua, religione, opinioni politiche, condizioni personali e sociali, *N.d.R.*]». Mi ha commosso. L'unico che non mi ha fatto gli auguri in quell'occasione è stato il cardinale arcivescovo. Forse perché la gente potrebbe pensare che copre le mie malefatte.

Il Catechismo della Chiesa cattolica, quello approvato anche da Wojtyla, dice che gli omosessuali vanno accolti con amore e tenerezza, e io seguo le indicazioni. Il Catechismo afferma anche: «Un numero non trascurabile di uomini e donne presenta tendenze omosessuali innate. Costoro non scelgono la loro condizione omosessuale». Che che ne dica quel tale Povia. Padre McNeil, autore di studi approfonditi, dimostra inoltre che Sodoma e Gomorra furono arse non per i loro costumi sessuali, ma per aver mancato gravemente ai doveri dell'ospitalità.

In Comunità ho ascoltato testimonianze di omosessuali sofferte, meditate, oneste, complesse, assolutamente non polemiche, in costante ricerca di dialogo per uscire da una pesante emarginazione e curare le ferite gravi provocate dal disprezzo.

Non ho intenzione di sostituire il cliché diffuso che presenta l'omosessuale tutto in negativo – eccentrico, narcisista, esibizionista, pericoloso – con quello che lo presenta tutto in positivo – buono, sensibile, innocuo –; non esiste un tipo unico e riconoscibile di omosessuale e di omosessualità. Esiste solo la persona. Mi pare di poter dire a tutti, in particolar modo a chi si definisce cristiano, che proprio l'ascolto delle persone fa scoprire una grossa base comune, dove le differenze sono molto meno rilevanti di quanto si pensi. Saper tenere insieme il rispetto delle diversità e la gioia di ritrovare sintonie è il segreto della convivenza.

Quando è stata indetta l'assemblea festosa del

"Genova pride" ho sofferto per il silenzio della mia Chiesa e per l'assenza del ministro delle Pari Opportunità Mara Carfagna. Era una buona occasione per aprire il dialogo. È una questione delicata quella dei diritti degli omosessuali e bisogna affrontarla. Queste anime vanno salvate non dal loro orientamento sessuale, ma dalla solitudine. Io c'ero, ero sul carro colorato insieme a Franco Grillini e Vladimir Luxuria, e Gesù era in mezzo a noi. L'AMORE TRA UGUALI NON È DIVERSO.

Melodie olfattive

Lo scrittore Claudio Porchia ha pubblicato il volume *I fiori di Faber* in cui indaga i riferimenti floreali nei testi di De André – dai papaveri ai garofani, alle rose –, i cui proventi andranno alla nostra Comunità. Una prestigiosa profumeria di Sanremo, che da generazioni ha un laboratorio artigianale, ha creato per l'occasione il profumo Crêuza de mä, una fragranza frizzantina ottenuta con fiori di campo, erba appena tagliata e un'inconfondibile nota marina. Me l'hanno regalato al Premio Tenco e la cosa che ho gradito è che almeno questa melodia olfattiva non fa discriminazioni: è un profumo bisex.

Come in cielo così in terra

Quante volte sarebbe facile dichiararmi impotente, ma temo sempre che sia un alibi, una forma di pigrizia Amo "essere" amico, non "avere" amici.

La mia disponibilità non ha meriti. Non è uno sforzo ascetico. Credo che la parola di Dio debba avere una efficacia storica. Cerco qualcuno, credente o non credente, che abbia come punto fondamentale, rigoroso e lucido, il principio di giustizia, e con lui cammino. Affinché il regno dei cieli possa sorgere quaggiù i concetti devono essere verificati sul piano reale. È questa la dignità profetica e a nessuna profezia può essere vietato scendere nella *polis*, nella città, fra gli altri. Ecco perché io sto in mezzo alla gente e sfilo nei cortei. Il regno è già, non ancora perfetto.

Sessuofobia

C'è mancanza di educazione sessuale nella nostra società, nelle scuole e nella Chiesa cattolica, dove si semina sessuofobia. Quello che invece abbonda è il moralismo. Con il Concilio Vaticano II si cercava di dare importanza all'autodeterminazione, al valore dell'amore. Non solo non si è andati avanti nel rendere praticabili quei principi, ma c'è stato un irrigidimento nell'affrontare certi argomenti che sono diventati sfide. L'altro tema tabù è l'obbligo del celibato per i preti, che secondo me deve essere una scelta, perché altrimenti può sfociare nella frustrazione, talvolta nell'aberrazione. Non sono un libertino, ma uno che rispetta le libertà personali. Ai ragazzi predico la castità ma dico anche, come fece l'abbé Pierre, che se hanno rapporti non protetti compiono non solo un peccato, ma un atto criminale. Una volta fui invitato a una trasmissione di Gad Lerner. Prima del collegamento mi fu chiesto di essere sobrio nelle risposte sulle questioni sessuali. Allora partii con una domanda: «Chi è autorizzato a dire dove e come fare sesso?». Gli altri preti in studio avevano le mani fra i capelli. Per me ciò che conta è che nei rapporti non ci sia alcuna forma di violenza e siano rispettati l'equilibrio sessuale della persona, la sua autodeterminazione, le fedeltà reciproche.

Claudio

Si arrampicava sul monumento di Garibaldi, in piazza De Ferrari, a Genova, e da lì gridava le sue poesie, poi però veniva arrestato per schiamazzi notturni. Era l'ultimo degli hippy rimasto: magro, tenero. Una sera andò su al monte per vedere le stelle, la mattina seguente lo trovarono morto per overdose nei bagni della stazione, con una poesia in mano. Claudio era un grafomane. Scriveva dappertutto pensieri per ognuno, li lasciava sui tavoli, li infilava nelle tasche. Dopo la sua scomparsa scoprimmo che aveva scritto una frase anche dietro l'altare: QUI SONO STATO FELICE.

La poesia

La poesia funziona come un paio di occhiali particolari. Mette a fuoco la realtà, la elude, illumina, eleva, risveglia. La poesia può salvarci. È un'utopia, e c'è bisogno di lei per uscire dalla melma del pensiero a reti unificate. Quando in Comunità si è sparsa la notizia che andavo al Festival della poesia, sulla mia scrivania sono comparsi pezzi di carta, tovaglioli, brandelli di scatole di scarpe, tutti pieni di pensieri, aforismi, rime, parole di speranza di chi ha storie disperate. I miei ragazzi quegli occhiali li indossano spesso, sono poeti timidi e viscerali. Non sulle riviste letterarie, ma in strada, dove le anime scolano di dolore e con gli artigli si aggrappano agli orli delle voragini, la poesia cresce spontanea.

Cosa non mi perdonerei

Se c'è una cosa che non potrei mai perdonarmi è di non concedere il diritto al piacere e il diritto alla non sofferenza a tutti quelli che incontro. Chiunque.

Quando in situazioni difficili qualcuno mi chiede: «Perché Dio non interviene? Perché permette tutto questo?», io rispondo: «Perché qualcosa l'ha già fatta. Ha creato noi uomini per aiutare gli altri a non soffrire. Il destino di sofferenza degli ultimi lo abbiamo tracciato noi uomini, non Dio, e sulla base di questo verremo giudicati. Per il resto, non sono esente da peccati, anzi quanti ne ho commessi, ma diciamo che ho un confessore di manica larga».

Chi sono io?

Durante i dibattiti e le varie presentazioni a cui vengo invitato mi ritrovo sempre circondato da professori emeriti, medici, dottori, personaggi dagli attributi altisonanti. Io sono solo don Gallo di San Benedetto al Porto, la mia cattedrale è la strada. Come disse don Milani: «A questi ragazzi ho insegnato a leggere e scrivere, ma loro mi hanno insegnato la vita». Ho ricevuto più di quanto ho dato, ho goduto di quella luce che solo le anime tormentate sanno elargire.

Prima che il gallo canti

Avete paura della morte? Io sì, tanta. Ma è misteriosamente la nostra strada. Il prefazio della liturgia cattolica recita: "La vita non è tolta ma mutata". La morte è dura separazione ma fa parte del percorso verso il nuovo, è una trasformazione, una esplorazione. E i defunti sono invisibili ma non assenti. Certo, se mi venisse concessa una proroga sarei contento Domani se Dio mi dà salute voglio essere più uomo, sognatore di un mondo migliore, voglio farmi coinvolgere e travolgere, sporcarmi le mani, contaminarmi con gli altri, impastarmi di questa realtà che sa essere insieme Inferno e Paradiso. Gli ultimi minuti della mia vita vorrei cantare un inno alla gioia per tutto quello che mi è stato concesso di conoscere.

Almeno un desiderio che espressi nel lontano 1970 è già stato esaudito: "Non morirò democristiano".

«Così in terra, come in cielo»
di Don Andrea Gallo
con Simona Orlando
Oscar bestsellers
Arnoldo Mondadori Editore

Questo volume è stato stampato
presso ELCOGRAF S.p.A.
Stabilimento - Cles (TN)
Stampato in Italia. Printed in Italy